叢刊②・黃德偉 主編

在同一地平線上

張辛欣 著

在同一地平線上　／張辛欣著－－初版－－
台北市：三民，民77
〔9〕254面；21公分
附錄：1.張辛欣著作年表；2.關於張辛欣評介書目

I.張辛欣著
857.7/8749

© 在同一地平線上

作　者　張辛欣
發行人　劉振强
出版者　三民書局股份有限公司
印刷所　三民書局股份有限公司
地址／台北市重慶南路一段六十一號
郵撥／〇〇〇九九九八一五號
初　版　中華民國七十七年十二月
編　號　S 83184①
基本定價　肆元壹角壹分
行政院新聞局登記證局版臺業字第〇二〇〇號

張辛欣近照・黃德偉攝

寧凡攝・1987

「山河叢刊」總序

黃德偉

中國文學到了廿世紀初開始進入一個與社會、政治、思想同步衰竭的階段。一九一九年的「五四運動」標誌一個新文學的誕生；三十年後，這個新文學在大陸的成長受到壓制而致變形；再三十年後，這個新文學經歷了災難、死亡的震撼得到重生——其間中國文化不但面臨「斷層危機」，而且遭逢「人工改造」，以致「山河四塞」。這個從苦難中再度孕育出來的新文學在近十年來得到外來文化的衝擊和滋補成熟得很快——他們學會了用各種語調把真實的感情意念有效地表達出來，一方面揭露了「政治宣傳面具」下血滲的皺紋和傷痕，以憤怒、平淡、親切或「饑餓」(身心)的聲音述説著他們在極端荒謬、悲觀、殘酷的現實裏「熬過來」的體驗或艱難成長的過程；另一方面展示了現在生活的徬徨和抉擇以及將來的夢想和意義。也許，「文革」這場「中國文化大災難」竟扮演了「鳳凰火浴」的角色——竟提供了一個文化重生、延續傳統的條件和基礎。

為了新傳這些民族的悲劇感受、呼喚和智慧，為了呈現千里山河老涸成無邊黃土地的中國命運的啓示，「山河叢刊」在「念禹功」(孫逖)、「風塵未盡」(庾信)、「四望春」(駱賓王)的多重構想中踏出了第一步——出版當代大陸小說代表作。這叢刊本著「委委佗佗如山如河」、「山無不容河無不潤」的態度去聆聽對岸擊槃說夢的細節，傳述那許許多多不斷在對岸繁殖的既親切又陌生，既古老又現代的故事。

「叢刊」的標誌和設計採用「山河」的古字(古鉢殷契遺珠二二五伊彝殷墟文字乙編五二三七)表明與中國古代文明、傳統的關係；而這關係更具體地反映在「叢刊」的創刊作白樺的《遠方有個女兒國》裏——作者透過空間和時間的差距與重疊，對照古代母系社會和現代父系社會的生活質素，並探索兩者衝突的內因外由，從而思考、提出「文明進步」定律的辯證意義和「反諷」內涵。此外。古字的山形水態也暗示了「叢刊」的出版意圖——把有份量，有價值的當代大陸著述作妥善的編印介紹，廣為流傳。

•民國七十七年七月七日於香港•

自序

你是女人？還是男人？是在暗地裏絶望而專注地愛著？還是在表面上平靜甚至和睦地廝守著？或者你換了一個伴，又一個伴，哪怕同時有幾個伴，伴得你分身無術！

你打開這本書，你就是我的朋友。

我嗎？我對這世界許多事情有興趣。包括對許多女人不大感興趣或來不及感興趣的事情都有興趣。比如說，各國經濟方面的各種統計數據，一項冒險活動的技術問題，走私的具體環節，哈雷彗星每一次靠近和離開地球的日期，各種牌子的汽車和一種牌子的汽車的各種型號以及它從最老到最新的式樣變化等等。我仔細地收集和尋找人家看不出有什麼意思的資料，為了我要寫的小說們。

然而，對於每一個男人和女人都難免面對的婚姻和家庭的問題，除非迫不得已，我閉口不言。自然，閉口不言不等於不寫。我的有些小説，在「有情人」眼裏，還特別被看作是研究感情、婚姻問題的作品；而且，因為往往寫得「剪不斷，理還亂」，感情的糾葛複雜，小説結束了，人們總是追問我：

「後來呢？」

閉口不言是不可能的。因為是個「女作家」，不論是在國內還是在國外，面對記者各式各樣的採訪，總也逃不掉作為一個女性特別要回答的問題。大及，女權主義運動的前途；私至，你作為女作家有什麼特殊困難。外國的男記者有時要問問在中國大陸「同居」的狀況；而女記者，我發現，都特別愛問：對於「愛情、家庭、事業」的矛盾，你怎麼看？怎麼辦?!

我總得回答，總是回答得不好，因為，我根本不知道怎麼回答。

我曾經收到過一封來自遙遠地方的信，那信，是一個女人守在孩子的病床旁邊寫的，寫信的時候，孩子正在輸著血液。那信裏寫到，她有一個很要好的朋友，讀了一部小説，問，是不是她寫的？因為和她的事情幾乎完全一樣。她感到很意外，馬上讀了，大吃一驚，真的像是她自己寫的！像的並不是事情，是心境。她給我寫信，自然，因為小説是我寫的。因為小說裏面對將要破裂的家庭的女人的心境和她相似，這位我們今後一輩子也可能沒有機會見面的婦女，在信裏，和我細細地討論，她該怎麼辦？

我把那封信讀了又讀，不知該怎麼辦。

常常有人來敲我「一律謝客」的門。女朋友，還有很多是男的朋友。單個時單個，和我討論她或他正遇上的感情問題的技術處理方法。我們做著一層層的分析；假設每人一種方案。我談我的推斷，也會貢獻我的經驗。我把朋友對我的信任連同每一個隱秘的故事收藏在我一人心裏，堅守從未說出來過的誓約：絕對不會把一個人最隱秘的吐露告訴他或她最貼近的另一位！

但絕對沒有一個朋友能體會那個時刻我內心的感覺。

這部小說是中國大陸「女性主義」批評家和國外研究當代文學的漢學家以及研究中國當代婦女問題必提的書。已經有法文本。當初法國翻譯者拿著譯稿去敲巴黎各出版社的門，回答是：這不是中國人寫的書，不是中國的故事，太像是法國的故事！於是拒絕。如今在「南方行動」——一個在知識分子中有聲譽，設在法國南部 Provence 的出版社，一版再版；英文譯稿我已見過兩種，代理人和譯者都認為，這本書寫的是全世界的人都關心的問題；德文版也早已出來，在科隆的印刷廠裏，排字工，一個年輕的男子告訴我，他不由得就把這部小說就著譯稿先讀完了，這是他所排過的中國大陸的德文作品中唯一不只是針對於中國的故事。我當然笑著說了「謝謝」，心裏，一片惶惑。

這部小說，現在終於又有了一個使用同一種語言文字，然而是繁體字的正式的出版。面對的，是地域上相對於其他語言文字最近的讀者。

你會把它當一部什麼樣的書來看？

你是什麼樣的朋友？

我不知道。

假如，你看完書後，還是不由得在心裏問我關於感情的問題，我可以預先告訴你：

我不知道。

張系欣

一九八八・十・十五

我騎上車，沒回頭。
但憑感覺，知道她
一定也上了車，朝
相反的方向去了。

張辛欣

作者手跡（內文見31頁）

目次

1

怎麼辦？

婚否——不論填什麼表格，照例要遇到這一欄。我停住筆。

不論大小，面臨生活中每一個選擇時，沒有一本偉大的歷史教科書，或者任何一個現成的人生經驗，能準確地告訴你：在道路的選擇上，在道德原則上，在爲了達到目的、不錯過時機而採取的各種行動方式上，究竟怎樣做是對？怎樣做是錯？沒有定理可套。

有的，只是自己面對自己。

一個女孩趴在我身邊填表，同樣的「電影學院導演系報考表」。她頂多十七歲的模樣，手裏握着帶熊貓頭的小鋼筆，彎着腰不歇氣地一路塡下去。辮梢輕快地搔着紙面。是啊，她有什麼可猶豫的呢！所有意味着要經歷神經的強烈顫動，要體驗大喜、大悲或過多苦難的事兒，像這表格中的「婚否」、「獎罰」、「表演實踐」、「創作經歷」等等，她一律清楚、坦然地塡上一個字：無。她的社會經歷欄下，掛着一串學校的名稱。在學歷那一欄，倒堂堂正正，令人羨慕地寫着：高中畢業。

又一隻手越過我的頭頂，交上報考表。渾厚的聲音，敏捷的動作，一個高大、漂亮的男青年。揮舞着那表格，像揚着面優勝獎旗。一晃而過，我瞧見，在「表演實踐」那欄中，竟嚇人地盤着個：八年。

我也擠在這兒，憑什麼呢？

「……有戲嗎？」

「管他呢，試試！」

「……嘿，你不是還報了廣播學院當播音員那系嗎？」

「跟這個錯得開……」

「……差不多，我是六十七屆高中的。瞧，那些小傢伙也許比我們更有希望。」

「不一定，再說我們的腦袋也經得起碰壁！」

「……打賭！西米諾的《獵鹿人》，得的是五項奧斯卡金像獎！」

「喂！剛才我聽老師問一個傢伙喜歡什麼電影，他說喜歡《藍色檔案》、《黃英姑》，眞他媽土鱉！」

「……現在想小品有什麼用，當場命題！這兒不是寫着嗎？」

「傻瓜！先想上十個，到時候總能套上。」……

學院報名處簡直像個熱鬧的市場！似乎這個導演專業要幹些什麼、要考些什麼無關緊要。只要能學習，能有一個改變生活狀況的機會，管它行不行，誰都要試一試！現在就是這樣幹。

一個從外地來的、瘦嶙嶙的青年還固執地守着桌角。他拿不到報考表，因爲沒有介紹信，單位不給開；他甚至連臨時通訊地址也沒有，因爲是住在澡堂裏。可他抱着五、六個劇本！寫在質量低劣的包裝紙上，裝訂得整整齊齊。照例有些惹眼的女孩，像蝴蝶似地飄來飄去。擁着一大堆尼龍花邊，佩着廉價的項鍊。瞧得出，連舉止、談吐和眼神兒也是臨時修飾過的。彷彿是來參加選美比賽。然而，包括她們在內，幾乎所有青年的臉上，都滲透着一股子信徒進聖殿似的神聖勁兒——虔誠的掏五角錢手續費，捧走一張准考證。同樣的熱望和提心吊膽，使初次見面的人相互靠近，馬上誠懇地交談起來。

眼前的一切是那麼新鮮，感覺卻並不陌生。還是在遙遠的西南邊疆種橡膠時就嘗受到了。招生的消息，像沙漠中的雨水，來得那麼稀少、珍貴。每回，全分場的青年都眼巴巴地瞅着那一兩個名額，明知道是無效勞動，還是會跑幾十里山路到場部去，在招生工作人員住的屋外，轉來轉去，留意着聽到的片言隻語的含意。似乎那樣就能捕獲到什麼希望。那次，和一位派去招數學系新生的中文系教師說了幾句話，好幾天裏，我都覺着得了好大的快活和安慰！然而，那頂多是一次次傷神的夢罷了。後來連這夢也不敢做了。

一個滿頭大汗，尼龍運動衫的拉鏈從頭扯開到底的男孩，舉着准考證鑽出人堆，站在貼在柱子上的招生簡章跟前，像照鏡子似地一處處細琢磨，突然叫喚起來：「哎喲，還要考表演呢，我可不願在一大堆人跟前現眼！」

我被新來的人不客氣地擠到一邊，我也望着那張招生簡章：

「凡具有高中畢業或相當高中畢業程度，熱愛黨、熱愛社會主義的青年，均可報考。」

彷彿向所有的人打開希望的大門，實際上，初試的粗篩輕輕一搖，在這兒擠着的大多數人都下去了。眞正能走進門的，沒有幾人。

拿着這張簡單地概括了我的全部的表格，我尖銳地感到：我有什麼呢?!我已經是一個競爭條件不佳的選手。唯一有的，是那些「小傢伙們」來不及具備的社會經歷；是撞得頭破血流，但確實屬於自己的感受和仍然沒有被磨平的想要幹點什麼的固執念頭。但就這，呆在這裏的，跟我同一年齡組的男子漢個個都有！我，比他們又差一層……

一瞬間，想到這點，連泛起委屈的空兒都沒有。只有像舉重運動員上場前那樣，想盡辦法減輕重量，盡可能減少不利因素……。

「你塡完了嗎？」那管報名的老師，用夾着支煙的手輕輕敲了幾下桌面。他已經用目光催了我幾次。

在「婚否——」這一欄，我劃了一道斜線。只有自己對自己的行爲負責。我明白。

我交了一疊學生練習本，裏面都是我的習作。老師翻了一下我寫的一個電影劇本，小心地吹去落在本子上的煙灰，臉上並無笑意，語氣裏倒帶着不容躲避的探究。

「編劇和導演可不是一回事。想過嗎？」

「想過。」

「做導演很苦，想過嗎？」

「想過。」

「說說你的想法。」

「說眞的？」

「當然是說眞的！」但他冷靜的追問裏顯然注入了興趣。

「想做什麼和能做什麼是兩回事。我只想試一試。」

這僅僅是頭一項初試。

考試者依次站在中間，朗誦詩或散文。有的不停地揮舞着手臂，叫人想起跳忠字舞的那個時代的遺蹟。有的像會計報賬，低着頭，用一個平平的聲調，急巴巴一氣念完，倒是那個上過八年臺的漂亮的小伙子揮灑自如，跟老師交流目光，也沒有忘掉坐在兩邊的我們……那富於胸腔共鳴的聲音抑揚頓挫，但我聽不出他是在說什麼。也許他表達出了那首詩的意思，而是我出了毛病。我衡量了一切條件，怎麼就忘了我自己的體力是否能撐下來！……

「你是不是有點兒緊張？」是那位煙不離手的老師主考，他變得很和氣。

「是的。」我知道不是。可那眞正的原因說不出口。我覺得冷汗順着後背涔涔地淌下來了。

「歇會兒吧！」

「不！」我懇求地笑笑。難道剛剛上陣就敗下來嗎！我繼續念。但是兩條腿不聽話地抖起來，自己也聽得出，聲音變調了。我拼命地控制，但絲毫沒有用。連伸到眼前的手指也在一個勁兒顫。似乎除了正在思維的大腦外，什麼都不屬於我。我突然覺著，離前面的桌子，離一排老師身後那可以靠一靠的堅實的牆，都非常遠，連那把剛剛坐過的扶手椅也遠極了。那種什麼都看得見，什麼也抓不住的感覺又隱隱襲來……

「或者，」老師的聲音也很遠，「你先給我們講個笑話。」

「笑話？」我僅僅重複着。

「一個小笑話，講幾句也行。」

陷入這種心境還能擠出什麼幽默呢？可在這兒，最委婉的請求也是考題。不讓大家笑一笑，過不了關。謝天謝地，我居然冒出了一個。

也是考試。作文。老師叫學生們描敘昨天觀看球賽的眞實感受。有一個學生半分鐘交了卷，卷子上寫着：下雨。沒踢。

嗇，老師們竟都露出微笑。我忽然明白，他們是好心幫我解除緊張，連坐在兩邊待考的年輕人，也都放聲大笑。我沒笑。過去，我是個最不能講笑話的人，還沒講完，自己已經被預先知道的結尾逗得前仰後合地笑個不停，聽的人反倒笑起我的傻樣兒。可現在，我笑不出來……但是，很奇怪，這陣陌生人友好的笑聲，把心裏那片人所不見的陰雲衝開了。我和眞實的距離又一下子接近了。自信心又突然回來了。

學院門口貼出複試榜。寥寥幾排號碼中，有我的准考證號！緊接着是一項挨一項來不及喘氣的複試。在自己的考試狀況和老師們盡量不動聲色地微微關注中，我感覺到希望，但我記着那一小道可能成爲導火索的、自己劃下的斜線。

最後一項考試完了。我走出考場，坐在走廊裏的長椅上。當人們一個個走過去，我追上了當初接待我的老師。

「什麼事？」十幾天考試的接觸，使他露出對熟人的微笑。

「我想更正報考表上的一項內容。」

「怎麼啦？」

「我，結過婚了。」

停了一會兒，他才問：「我們是允許已結婚青年報名的，爲什麼要這樣做呢？」

「爲了更有利地參加這麼多人的競爭。」我直截了當的說。

他皺着眉頭嚴肅地瞧着我，彷彿是我給他出了一道難題。也許他不滿意我這種方式。

「那麼，你的家庭，他，支持你學導演嗎？」

我停了一會兒，回答：「……我愛人是搞美術的，他很熱愛自己的事業，在事業上，他也很支持我……」我的心在自己簡單勾畫的情景裏感動地顫了一下。假如眞是這樣，一切太圓滿無缺了！唉，我寧願像個向日葵一樣，把好看的一面朝着太陽，而把打落的牙咽進肚子裏。怎麼啦？這後半句竟是他說過的話！

體檢完了。政審完了。我眞不願意過這樣坐立不安地等待的日子，可還是一天天，一時一刻不由自主地焦急等待着結果。

結果來得太快了！所有的努力完全白費了。不早不晚，高教部下達了明文規定：已婚者一律不能參加大學考試。在進入競賽場地之前，我已經就不配做個對手了。我忙給學院打電話，回答得乾脆、明白：

「僅僅由於這個原因，百分之九十不錄取你了。」

我不知道已經這樣坐了多久。

……也許，該換一個視點了，該動一動了，我想。但還是在盯着從眼前切過的那道陽光。無數細小的塵埃，在同一個節奏下，毫無意義、匆匆忙忙地上下翻動着。落入這種狀況實在可怕，明明知道不能這樣，但思緒就那麼順着一個平行的線緩慢飄動，停不下來，也沒有任何一點加速、變向的動力……

哪怕有那些陌生人的笑聲呢！我想哭，哭不出來。所有的突變臨頭，感覺總是極淡。好像努力不是我付出的，失敗的也不是我。也許，和我們的年齡不相稱的經歷和感覺來得太多了，情感的起跌太頻繁了，在過多的強刺激下，痛感的閾値提高了。

哪怕跟他面對面一聲不響地僵持着，哪怕緊接着再吵個天翻地覆，像分手時那樣，也比這樣一個人呆坐好！可他已經走掉了，只拿走了一個手提包。少了到處亂扔亂放的畫紙，小屋好像空了許多。

只有門上還有一張他畫的虎，他忘了揭去。圖釘是很仔細地按在宣紙邊外面的。他僅僅在這方面是精心的！「俗人好虎」，人家說。他近來挑中虎拼命畫，一定也是精明地考慮過整個行市了。他怎麼竟然是這樣一個人呢！藝術氣質全被商人氣淹沒。自私、冷酷，看準時機，不顧一切地幹。他只顧自己，而對我，卻根本不關心！我不得不走到這一步，原因全在他身上，但是一切罪，爲什麼偏偏要我來承受呢?!

……

「第一胎啊，你是不是再和愛人商量一下?」大夫問我。

我搖搖頭。

「……喲，第一胎……」當準備手術器械的醫士也嘟噥着時，我突然感到恐懼和想要逃脫，可已經來不及了……。那股軟綿綿的，叫人有些想吐的新潔爾滅消毒劑氣味彌散開來，那直逼眼睛的，窗上炫目的白光，頭邊白色的枕套，身下白色的床單，都冷冰冰的……，腳踏吸引器刺耳的聲音，響了。停了。又響了……我像是要被抽空了！「快了，快好了。」那醫士溫和地哄着我，可那刺耳的聲音又響起來了！我喊了，又忍住了，然而怎麼做也掙不出一種無底的墜落感，我在往下沉，往下沉……什麼都看得見，什麼都拉不住，什麼都像是離得很遠。我死死抓住床單。沒有用。我用自己的一隻手去抓另一隻手。沒有用。我想抓住他的手，把頭貼在他的手掌裏……。我拼命渴望着眞有他溫暖厚實的手掌握住我的手，又拼命地推開這個最親近的念頭，我恨他！一瞬間，我閃過偶然聽到的一句話……女人在生孩子的時候，常會咒罵她的丈夫……但那也是好啊！這卻是白白地痛苦，而且他知道的時候，又會怎樣地暴怒呢？……連唯一能抓住的恨，也變得無着無落……

我從婦產科的門口走出去，從在大廳裏等待的男人們身邊穿過。他們，有的在牆邊蹲着抽煙，有的焦急地踱來踱去，聽到玻璃門響一下，他們全都擡頭看。有一個臉上圓圓、光光的年輕父親，抱着暖壺、提着奶瓶奔來，匆忙推門就往裏闖，被護士不客氣地訓斥了……我一個人慢慢走出去，一個人坐上公共汽車，在公園那一站，上來了許多曬得滿臉通紅的孩子和微褐的膚色上滲着汗珠的大人。我站起來了。一位父親熱心地教着：「說，謝謝阿姨！」一個小孩心不在焉地重複着，急急忙忙爬到椅子上，向外張望。在這些歡天喜地的路人面前，我的眼淚忽然湧出來了。前後左右都是人，躲也沒法躲。清晰的孤單和強烈的追悔一下子把我完全吞沒了……

我和他就這樣分開了。

一個月了，爲了應付緊張的考試，我們之間的一切都淡泊地沉下去，現在，許多東西一起泛上來……。感情不是在這兒才突然斷裂，裂痕早已漸漸集聚，那孩子又失掉了！而這仍然存在的法律關係，緊接着使我失去靠我自己奮鬥掙來的希望！

就這樣完了？認了?!

組織家庭，像自己織了一個小小的網。爲什麼我只要想稍稍動一下，就要掙個七零八落？難道我失敗，我越弄越糟糕，是本來就不該動，不該走？我並不是一定要衝到什麼地方去，我的願望很小，有什麼錯呢？

還是在婚前，我知道了這樣一句話：不管雙方以爲怎樣了解了，結了婚，也是在重新認識。我有了精神準備，可還是感到許許多多的不習慣。我並不固執啊，我默默地改變了許多想法和做法。兩個人在家庭中的位置，像大自然中一物降一物的生態平衡，也有一種一開始就自然形成的狀態。那時候，聽一些女人誇耀，在家裏都是她的丈夫做飯、洗衣服，我一點不羨慕，我不希望我的丈夫比我弱，捧着我，沒有事業心。不過，我懂得了諸如在客人面前，盡量閉起嘴，把家庭主宰的地位留給他等等小道理；爲了給他調來北京、開闢事業上的道路創造條件，我放棄了去年最後一次報考普通大學的機會，結了婚。我還想：不是有一邊揉着麪，一邊讀着豎在窗臺上的書本的榜樣嗎？繁瑣的家庭生活幾下就把這個天眞的想法揉碎了……也許，有些想法從一開頭就是錯的，像很多姑娘一樣，我也曾深深地暗暗嘆息：這個時代的男子漢太少了！每個姑娘的追求不一樣，但悄悄在心裏勾勒出的、理想的男子漢的形象卻幾乎是同一個模樣。有些人還羨慕過我的選擇呢！然而，我現在卻知道了，一個男子漢並不一定能做好丈夫，像他，能把旁人的話都當耳旁風，不動聲色、不動搖地奪他要爭到手的東西。如果還像當初遠遠地、朦朧地想着他，望着他，也許他是一個精神力量。在一起生活，他卻什麼也不能給我！他只打算讓我愛他，卻沒有想到愛我、關心我。我覺得，他只要得到家庭的快樂和幸福，而我卻要爲此付出一切！也許到現在，他從來沒想過，在生活的競爭中，是從來不存在紳士口號：女性第一。我們彼此一樣。我還能再退到哪兒去呢？難道把我的一點點追求也放棄？生個孩子，從此被圈住，他就會滿意我了？不，等到我自己什麼也沒有了，無法和他在事業上、精神上對話，我仍然會失去他！當我沒有把我的愛好和追求當作鍛鍊智力的遊戲和裝飾品，從開始到現在，我都無法保持我和他之間的平衡，無法維持這個家庭的平衡。我還是什麼也得不到……

現在這會兒，他正在忙什麼呢？他知道我成了這樣會怎麼想？他根本不會想到我的！「百分之九十不錄取了！」這就是我的結果？爲什麼還留百分之十？是關上大門前的最後一道縫？是學院還在想辦法？或僅僅是一個安慰一下我的幻影？也許，我應該緊緊抓住這百分之十繼續努力，像生活裏曾經度過的其他關頭一樣，直到結果無可挽回地擺到眼前。

爲了這一點點，我要做什麼?……閃過的念頭使我不寒而慄。

怎麼辦?!

2

這種女孩子，求她辦點兒事，就算是被纏上了！

「……你還答應給我畫張虎的。」

「我記得。」

「還是給我畫個貓吧！」

「趴在沙發上的嗎！」我知道，她只要懶得坐起來，這電話就會一直打個沒完。眼下，還可以讓她在那兒自我欣賞一會兒。

「去你的！噯，下午幹嗎？」

「畫畫。」

「晚上呢？」

「畫畫。」

「去國際俱樂部跳舞吧，老外的舞會，我可以找到舞票。」

「我看你再找個伴兒也不難，我跟不上你的『廸斯可大全』。」

「嗯哼，你？整個兒一個現代節奏，有感覺就行……」

我感覺該放下電話。她大概以爲，我也跟她一樣，打算哼哼唧唧地打發掉一個早上。

我把電話筒架在肩上，任楚雲雲去展示她那嬌滴滴的聲音，一邊打開記事本，看看昨晚寫下的，今天必須辦完的事，計算着跑這些地方最經濟的路線。

1. 王處長家，調動問題，帶畫。
2. 給對調人找房子。
3. 自行車。
4. 畫店，二張。
5. 出版社，大平。

6. 楚?!
7. 方便麪。
8. 給劉的畫，交周秘書。
9. 電視臺。
10.

——還是不能決定。要不要回去看看……晚上再說。一上午跑完這些地方。危險。「電視臺」……不，還是去一趟！最要緊的是第五項。得想辦法認識總編楚風之。但是，怎樣做最合適呢？……

「哎，你千萬別忘了！」現在能做的，是提醒她一下。

「什麼呀？」

「剛剛跟你說的，請你父親看看我的畫。」

「哪兒跟哪兒呀！人家問你去不去潭柘寺呢！你那個出畫册的事，不是定了嗎？」

「你記着說就行！」

但願她的腦子像腰、腿、胯一樣靈！我掛上電話。躺着去吧！定了，哼！那畫册不到上機器開印，不到擺在新華書店的櫃臺上，就不算定了。不論辦什麼事兒，不到放在面前、抓在手上，都不算定！楚風之辦公室的電話號碼就在記事本這一頁上，卻不能打。對女人直接進攻有效，對老人慢慢搔癢更好。還是應該通過吳大平了解畫册的情況。

「今兒還往外跑？調工資出二榜呀。」每天出門，傳達室老高總要說句什麼。

「上次沒調，這次總跑不了吧？」

騎自行車出大門了，老高才又想起什麼，拉開小玻璃窗，用啞嗓子追上我的車輪。

「喂！昨兒，還有個人給你打好幾回電話。」

「誰？」我跳下車。

「一個女的。像有挺急的事兒。」

「什麼事？」

「沒說。」

重新騎上車的時候，我猛然想起又一件要辦的事，該請吳大平吃頓飯。無論從他是老同學，總在他那兒蹭飯吃，還是從他是我的責任編輯這一點，都要請。今天中午！同時，弄清今年的出版計劃，瞧瞧我那本畫册的左鄰右舍挨的是誰，但願不是那些有名氣的老頭兒，他們的招牌一晃，就會擠垮我的小鋪。

最先要辦的事，卻是得趕緊修修我這輛破車。該上班的時候，車鋪外邊擠着一堆人和車，在輪着打氣。車鋪裏倒還冷清清的，我像是第一個顧客。老師傅蹲在一個吊起後輪的車邊上補內胎。小師傅正對着玻璃窗研究臉上的粉刺。就是個腳鐙子和閘的毛病，要等中午取。說是活多。

「勞駕，借個搬子！」我說。

老的像要搶他的飯碗似地盯着我，那小青年倒指個地方。我抄起工具自己修起來。有十分鐘就行。腳鐙子是昨晚散的，騎得太猛。十一點關大門，一到那時候，老高就成了最有權威，最需要記得的人。這下，剩了幾根光禿禿的棍兒，橡膠的腳鐙不知扔在什麼地方了……沒個車簡直沒法在北京辦事，太大，太散，從一個地方跑到另一個地方，光跑路半天沒了。那晚報的記者一本正經地問我，在事業奮鬥上，最深的感觸是什麼，眞應該實實在在告訴他，是騎着自行車到處跑，是風和沙。

腳鐙子有了模樣，閘也靈了，把擦油污的棉紗一扔，我立刻又奔起來。

從電視臺到畫店，路很近。電視臺那幫傢伙不錯，畢竟是同輩人，辦事痛快。本來是單位聯繫的，介紹那攤科普性的動物繪畫，看了我帶的國畫，看看虎，來了興趣，覺得可以拍個專題介紹，很快就敲定。收獲超過預算！坐着是等不來的。

剛踏上畫店臺階，活動門「嘩啦」一響，徐飛從裏面出來。偏在這兒遇見他！「著名青年畫家」，報上這樣介紹。不過，前邊總注明他是誰的兒子。聽說剛蹭了一個什麼文化交流代表團從國外回來，渾身上下，像進窰燒出了一道瓷釉。土模樣披了變窰的效果。

他盯了我一眼，我也盯了他一眼，時間相等，位置虧一點。在任何場合碰面，幾乎都沒說過什麼話，可我跟他就是有一種生來寃家路窄的感覺！瞧着他那副懶洋洋的、拿眼皮看人的勁頭，牙根兒就癢。眞有本事，盡管不屑一切。他自已有什麼？不過是靠他父親的名聲，靠久居京城的捷足先登。像這臺階上的位置，他在上，我在下，完全是偶然。

他似乎也聞出什麼味來，把那雙眼睜了一下。我們冷漠地擦肩而過。他直奔停在路邊那輛到處閃着股冷冷的不可一世勁兒的「鈴木一百」。我進了畫店。

營業廳體面而冷清。滿牆掛着標價的國畫。迎面就是徐飛一幅五尺宣的大畫。我最見不得的，還不是他那個人，而是他這點兒破畫！要筆沒筆，要墨沒墨，還年年印成掛曆，到處掛。

出來時，營業部主任頭一回送我到門口。走過徐飛那張畫，我微微冷笑。等着吧，門外櫥窗裏要掛我一張虎！女人之間弄成了對頭，只會拉一個小圈子嘰嘰喳喳，一會兒又挽着，摟着，和好如初。男人和男人之間，只要恨上了，咱們就默默咬着牙一直幹下去吧。

趕到四川飯店的時間卡得不錯。才過一會兒，椅子背後，就開始有人「站崗」了。幾口五糧液，兩筷子東安子鷄下去，大平那一臉疲憊相，被酒勁和辣味慢慢潤開，冒出一層細汗，又依稀有點小時候熟悉的影子。才幾年，他的頭頂都開始禿了，話說得慢了，可話多了。

「……我注意到了，好幾家雜誌都發表了你的畫。國畫界、出版界都有人在注意你，跑得太快，要招風呀！要是光聽人家說，我都認不得你啦，調過來才幾天，四面出擊，不得了！你變得厲害……」

我吃着瞧他，也覺着人的變化不可思議。善飛的信天翁飛不過大西洋，人改變性格不過像穿過一條小巷。小時候在一塊兒，他也是個沒人管得了的傢伙。我們一天到晚在一起，走到哪兒，攪得哪兒鷄飛狗跳。我那會兒是個光長個兒的細高條，他胖墩墩的，拳頭很結實。攢下吃早點的錢，逃學出去看電影，差兩分錢，撅着屁股滿地找，眞找着了！我們看了契爾卡索夫扮演的《堂·吉訶德》，倒被愚蠢而絕對眞誠的騎士精神迷住。我以「堂·吉訶德」自詡，他自動充認「桑喬」。我們帶着彈弓，向大街上所有長得面目可憎的人挑釁。我崇拜的不是什麼公爵夫人，而是藝術女神……常常，在傍晚，我們倆坐在郊外湖畔，看着一片片白帆漸漸消融在夜色中，這兒、那兒，一處處漁火跳亮。我談繪畫的勁頭，決不在堂·吉訶德談騎士史的勁頭之下。鳥兒歸巢了，草叢裏，小樹後的戀人們都回去了，我們卻抱着腳，披着降下的露水，一直說到天亮，等着看湖面上第一縷晨光……

那是一幅被遺忘的畫？而不是我和他。

大平慢慢啜着酒，很有興趣地談着他的全部苦惱。小女兒該上學了，從媽媽那裏接來，又沒人照顧；兒子上三年級了，還是不知道用功，打罵都不能叫他開竅；老婆上班的地方太遠，調呢，找的單位又不理想，獎金也少……

旁邊桌上一個等菜的人，在翻報紙，眼隨意一瞟，是《廣播節目報》。我喝着酒，想起來，電視播出前，要登節目預告，是不是應該請他們寫條短短的節目內容介紹？……這次賣畫，每尺宣紙的價格從最低價提高了一塊錢。這說明路沒有白跑。我的工作調動也得這麼幹。事業上要發展，也得跑。現在認名氣，名氣是可以用輿論捧起來的，但輿論並不會對每個人的才氣和努力作恰如其份的評價。非得把自己擺到輿論眼皮底下。楚雲雲像孔雀開屏似的展示她那條嗓子，我也得展示自己的一切長處，來掙得和努力相等的承認。

「喂，最近沒看見你愛人，她好嗎？」

我微微哼了一下。

「你們怎麼樣，該有孩子了吧？」

我摸出兩根香煙，扔過去一根。

「有啦？」

「畫册的事沒有什麼變化吧？」我打斷他的關心。

「變倒沒變，大概稍稍推後一點，不急，爭取再搞幾張質量高一點的畫上去。」

「怎麼回事？」我盯住大平。

「徐飛的畫册插到你前邊了。」

「他也出畫册?!」

「他能畫什麼！倒也賺不少了。哄外國人行，印出來，看誰買吧！」他還在精心地對付那根已經很乾淨的鷄脖子。

「究竟他怎麼搞上去的？」

「不知道。誰推薦的吧，反正副主編拿來的。唉，排是排上了，畫還沒影兒呢！聽說他最近花得很，不知什麼時候能拿出畫稿來。」

這小子！怪不得在畫店門口眼光那麼得意！詛咒他的存在又有什麼用，世上本來就沒有那麼多便宜事合理均攤。我狠狠吸着煙……好吧，我直接找主編楚風之。劉副主任和他熟，可那老頭兒是不是要睡午覺？找周秘書。馬上。

前面又是紅燈！我用腳支着馬路沿。

天早就陰下來，陰得很勻，壓得很低。像一大張用淡墨齊齊刷過一道的宣紙，濕漉漉、沉甸甸地壓在頭上。柏油馬路也是那麼個死灰的色調。眼前閃過匆匆來去的車輛和人，一大片自行車流中，有無數同樣飛快轉動的兩條腿，人們懷着各式各樣的欲望，被壓在這個狹窄、扁平的空間裏，上足發條似的機械運行。

突然，十字路口的對面，被截住的人和車流裏，我看見了她！

她推着自行車，從後面一直鑽到停車線前，仰着脖子，只顧看自己頭頂上的燈標。還是那麼股傻認眞勁兒！還是分手那天穿的淡綠色短袖衫。不知爲什麼，顯得有點肥大。她用手划拉着吹到臉上的頭髮。我覺得她手臂上、身上那些熟悉的線條，似乎有了某種變化……

「走不走，楞着幹嗎！」後面的人不耐煩地吆喝起來。

綠燈已經亮了。她騎上車，我的腳也離開馬路沿。

隔着密集的車流，我們相對駛過。一輛塞得滿滿的公共汽車開過，她隨之滑去的身影又是一閃。我一下知道了她的改變在哪兒。她是明顯地瘦削了！心突然動了一下，我不由叫了她一聲。

我犯了一個眞誠的錯誤。在繁忙的十字路口中間，是不可能停下來相會的。我已經騎過去，卻看到她跳下車，在一股向另一個方向湧去的自行車流中，徒然想調轉車頭，招來一片埋怨。她驚慌失措地掂着腳四處張望，像只留在洪水中、不知該朝哪兒飛的小鳥。女人畢竟是女人！

我飛快地穿過左右車流馬上要組成的封鎖線。

她從馬路對面推着車奔過來，一副着急的樣子。

「我到處找你！」她氣喘吁吁地說。

「噢?!……我沒丟。謝謝你，心裏還有我。」

「我是有事找你。」

「哼，我眞自做多情！」

「你要眞有情，才不會成這樣！」

我突然很想緊緊抓住她兩條胳膊，讓她乖乖閉嘴，老實站會兒。我卻一下看到了她那細脖子下鬆鬆垮垮的衣領。燃起來的火被撲滅了。

「……不礙事的話，再接受幾滴鱷魚的眼淚，你身體怎麼樣?」

「還過得去。」

「需要我做點什麼?」

「……」

她眼圈紅了。過了一會兒，慢慢講起電影學院的考試。

怎麼，她能考上！

……老天爺，她那麼些努力，總算是得到報償了！我眞想給她一下，可惜，是她！我不由一下長長出了口氣。天都好像涼快了一些。彷彿是我突然得了個從天而降的福氣。……我本來還想，叫她試試好了，等到她自己碰了壁，自然會想清楚她能做什麼，她該做什麼。……我沒想到。她眞行！她可太能幹了！我瞧着她，光想笑，可她的臉色還是黯淡的！

「怎麼啦？」

「因爲結過婚，學院裏不能錄取，剛剛下的文件。」

「別急，想想辦法，需要不需要找找什麼領導？」

「沒用。卡得很死。」

「那，離婚，用這個辦法行嗎？」

「你同意嗎？」

她的口氣很急切，太急切了！我沉默了。「離婚」。一個月前分開時，都很認眞地說了這兩個字。可是，眞的嗎?!我看着她的眼睛。看不到更多的悲傷和煩躁，但她緊擰的淡眉，鼻子上幾根細細的皺紋和嘴唇上執拗的曲線都是我太熟悉的。是她下定決心時的表情。決定嫁給我的那一刻是這樣，去醫院前她獨自坐在那兒也是這樣，可我匆匆奔出去辦我的事，竟沒顧上留神……我突然覺得上了當。

「你還到處找我幹什麼，你不是已經想好了嗎？」

「可上次是你先說的，既然我們彼此都想分手，就別再拖了。」

「沒那麼容易！我辛辛苦苦在外邊跑，你就那樣自做主張。你！」

「你爲你自已跑，從來不爲我想……」

一個老太太推着輛兒童車，從我和她之間大搖大擺地穿過去。原來我們是站在菜市場門口。她不作聲了，頭隨着那輛兒童車轉過去，我也不由自主地轉過去。車上，一頭放着黃瓜、青椒和西紅柿，一頭放着個白胖的嬰兒。穿着白色的小衣服，戴着頂白色的小帽，圓滾滾的小脖子上撲着痱子粉，手裏攥着袋大米花。米花不聽話地往路上撒着，一粒、一粒，白生生的……

我們的目光又不期而遇了。

「你說吧，怎麼辦？」

「你說。」她瞧着我。

「你不是打好主意了嗎！到哪兒辦？法院？」

「聽說，雙方自願到街道辦事處就行。」

「好吧，問清楚了，通知我一聲。」

我騎上車，沒回頭。但憑感覺，知道她一定也上了車，朝相反的方向去了。

她使這個帶來壞消息的倒霉的陰天，變得更加陰沉、煩悶。我的生活已經夠緊張、夠亂套的了，她還來添亂！當初那樣地愛她，想她，究竟爲什麼呢？我們的結合，像是拼湊了一個兩頭怪蛇，身子捆在一處的兩副頭腦。每一個都拼命地要爬向自己想去的地方，誰也不肯爲對方犧牲自己的意志。她也許眞能幹出點兒什麼，可做一個老婆，卻是太糟了！

悶熱的風迎面撲來，夾着沙。人和影向後斜去。最初幾滴雨試探性地落下來，在馬路上留下幾個零星大小的濕點。我又超過一個騎車的人，他倒知趣地早早穿了雙雨鞋。

……她的腳上是雙塑料涼鞋。見鬼！爲什麼會想這個！

3

雨下了一陣，又停了。天仍陰沉得毫無起色。

兩排灰溜溜的平房，並肩趴在深褐色的泥地上。每一個暗綠色的單扇門上，釘着一個寫紅字的小木牌。這個街道辦事處也毫無變化。

一年半，能有什麼變化呢？

那次來是冬天。在化雪。地面也是濕漉漉的，但很堅硬。冷絲絲的空氣裏充滿着清新的泥土味兒。殘存的白雪襯着紅磚牆。

那些細小的瞬間，從來也沒有要記住它們，但這會兒，卻突然從記憶的底層翻上來。來得這麼清晰！推也推不去！

是他塡的登記表。沾水筆有力地劃過紙面，筆尖承受不住似地，吱吱叫着。那頭厚實、蓬亂的黑髮隨之晃動。我忽然很想把手伸到他的頭髮裏，慢慢地把它們梳攏順。那些總也不聽話的頭髮！和善而淡然的老辦事員在叫我簽字，不知怎麼的，我卻一下子一點兒也不想動。他替我簽的字。辦事員去隔壁蓋章。「怎麼了？」他在我耳邊低低地問。我一個字也說不出來。只是轉過頭去，凝視着對面牆根下一小片白雪，那上面閃着星星點點的光，有許多融化時特有的蜂窩狀小洞。我的思緒也像那雪，似乎閃爍着什麼，似乎什麼也沒有。

「……人家說，結婚時不大快活，倒是以後幸福的預兆。有我在呢。」他撫摸着我的手背，他的手很溫暖……

現在，這掛着「民政組」小牌的屋子鎖着門。我從窗戶望進去，一片昏暗。

一個帶罩袖的姑娘哼着歌兒走過。

「這兒的人呢？」我迎上去。

「都休息了。一個產假。一個高燒。」

「什麼時候能來？」

「起碼一週。辦結婚手續？等幾天唄！」她說話也像唱歌，一串順暢的上行音階。

「我想辦離婚。盡快！」

「那，那找我們頭兒去！」她小心翼翼地像要繞過一灘積水。

「頭兒」，一個中年男人，有着心廣體胖的身架，卻擰着個操勞多事的眉頭，和一個民警談完話，又回身接待我。他聽得很認眞，甚至可以說很有興趣，紅紅的臉上放着光。

怎麼了？我不像是在訴苦，在說他怎麼不好，卻像是自己站在被告席上，像是在自己出賣自己……

我怎麼就到這兒來了？怎麼就辦這樣一件可怕的事呢！

「離婚」。氣急了，第一次冒出來時，心裏嚇了一大跳。後來，吵起架，都掛在嘴邊。再後來，認眞地想了，還是離開他好。可是，現在，眞的就坐在這兒，就這樣說出來了嗎？

……這是第幾遍的重覆？在第幾個地方了？聽說，在美國，可以用通信的方法，不出面而請律師代辦的方式，在幾小時內辦完離婚手續，那也許是另一種社會的不幸。可這樣向單位領導講，向街道辦事處講，向一切需要證明自己的確不幸的人講，本身也是一個不幸！一個人的痛苦似乎也像自己的私藏，向朋友和親人講講，或許起一點情緒轉移的作用，其實，說完了，還剩下自己面對一切。而對陌生人攤牌，就必定全變了味兒！卽便那是一個需要懺悔的錯誤的結合，也是由無數的瞬間、細節、片段組成的生活呵！我機械地重覆着講過數遍的話時，忽然有一種忽略了什麼，遺漏了什麼的惶惑，開始滲入心裏。

假如不是對別人，而是對自己，這一切，從頭至尾，該怎麼說？怎麼一件件的理清互爲因果，推向破裂的事情？

顧不上想。街道辦事處的領導不是心理分析專家，我也不是一個抑鬱症的患者，要在他那兒弄清自己的病源，我們彼此一樣。把複雜的感情也作爲一件事情，公事公辦地談論着。總算全說完了。

那領導一一研究了我的戶口本、工作證、介紹信。像海關檢查員一樣仔細、認眞。然後，擡起頭笑眯眯地說：

「按上級規定，最好到你的戶口所在地去辦。」

「可，可我是在這兒辦的結婚手續！」

「別急，離婚不一樣，也沒那麼簡單。還要調解，還要調查，還要排隊，眼下辦離婚的也不少。假如到那兒不行。我們再研究。」

助人爲樂似的心滿意足。似乎我不過跟他問了個路！

路面上每一瞬間都一邊生出無數小水泡，一邊飛快地流向馬路兩邊，迅速消失。大雨中，我急急忙忙趕向另一個街道辦事處，爲了再對一個辦事的人去講我的事。但願他們別下班了！雨水拼命地敲打着我的雨帽，彷彿天地間只有這雨聲。偶爾，一輛公共汽車從身邊經過，濺起一排水花，改變一下這雨聲的單調節奏。水落在我裸露的腿上。

路邊的商店屋簷下，站着躲雨的人，但我沒有停下來的念頭。好像去哪兒也並不重要了，所有的，就是這樣飛快、機械地蹬着。

也是在一場沒完沒了的大雨中，他就突然插入了我的生活。

後來，我也是在大雨中走，壩子裏一處處竹樓，野地裏一棵棵像撐開的巨傘一樣的大青樹、一叢叢彎彎的鳳尾竹、四周連綿的羣山……一切有形有線的景物，都被雨水淋得朦朦朧朧。地面翻着泥濘，稍不留神，就摔一身泥。但我卻懷着模糊、跳躍的興奮。也許，常常是個人對生活的主觀感受，在用變色的筆塗改了生活本身……

是雨，把我和喬亞光引到他借住的竹樓。沒有人，有畫。水墨寫生，炭筆速寫，很多，像是見什麼畫什麼。就這樣偶然地注定了！

在那僻遠的地方生活時，我們不得不抓住一切和文化藝術沾邊的東西，來抵抗精神的崩潰和生活的貧瘠。一個能把全套《基度山恩仇記》背下來的傢伙，就成了我們幾個月裏的精神支柱，每天中午收工，頂着大太陽跑到分場衞生所去會半個小時的伯爵。爲了一個在大城市放映過一年半載的「新」片子，我們肯翻山越嶺。這個不知名的人的畫，也使我感到新鮮！

相遇的契機完全在自己。

多麼奇怪，就在那些簡練、流暢、滲透着強烈個性力度的速寫線條中，我立刻被觸動。我覺得很熟悉！我似乎能感覺到這個人的氣質。怪了，亞光那時已開始在《邊疆文藝》和省報發表小說，我每篇都讀，只覺得他能發表，很不錯。而在這些速寫中，不知爲什麼，我嘗到一種挑戰的意味。那是在我心底時時湧動的、秘密的不安。我默默地在想，但我知道都是不屬於能夠寫出去的。不過，假如我也能隨時隨地把自己的感受記下來，而不是閃過了，就流失了，我會比他有更多的積累！

我就這樣跪在竹樓的地板上，看着，想着，直到一個陌生的聲音在我背後說話。

「嘿，怎麼樣？」

他站在我身後。一回頭，我就斷定這是他，破得稀爛的褲子上全是泥，夾着雨衣，光着上身，雨水從厚實的胸脯上滾下，鬍子和頭髮連成一片，他的眼睛有些特別……

「怎麼樣呀？」

「嗯，不錯。」我光顧打量他，破例當面給人一個恭維。

「不，這些更好！」他蹲下來，打開雨衣，從裏面抽出一疊新畫的水墨寫生。我一張張翻看，他時而用手指撣撣一張，又迅速點一下另一處。

「這兒。這兒。怎麼樣？」

我笑了。好一個絕對自信！

「……這一張，是在寨子外邊，你看，這是放牛人的小棚子，他還在裏面睡着，瞧這些牛，多安詳，像是在回憶過去的時光……」

「這是剛剛在雨中，我躲在樹下……」

「……噢，瞧這棲鳥，神氣活現的！在河那邊一片雨林裏，該死的蚊子把手都咬得回不過彎了。對不起。」

「抹防蚊油。」我頭也不回的邊看畫邊建議。他好像在換衣服。

「……畫家是辛苦，不過還是當畫家好。」亞光在跟他說話。

「我不是畫家。無業游民。」

「沒地方管你了？」

「有，大自然……」

我自顧看下去。我熟悉這裏，擡頭、低頭，天天見，我爲它們流汗、吃苦。可在他的筆下，在他的嘴裏，一切變得更有韻味兒。這個魯濱遜！……一股難聞的焦味兒，什麼東西燒了？

他在把從腿上拍下來的幾條旱螞蝗扔到火塘裏。

雨還是下個不停，我們三人聊起天。圍着火塘，我正對着他。

亞光掏出「金沙江」，裏面只剩一根煙。

「一人一口。」

「不，我沒癮。」

「很多時候是很難捱的。」

「也許。我抽第一根煙，還是頭一次到車站扛大件的時候，扛大件……」他的眼睛似乎在問我：「你懂嗎？」

我用眼睛回答：「當然，彼此，彼此。我們什麼都見過、經過……」

「……我累得差點趴下。一個弟兄，也是剩了一根煙，讓給我。吸了一半，他又拿過去，倒豎在地上，說，要是能燃到頭，我們的生活還能變變花樣。那半支煙燃了一會，滅了……後來，他被壓死了。」

「在火車站？」我問。

「不，在另一個地方。」

我們又說起別的。

他說話時，眼睛直截了當地看着我。

我也直截了當地看着他。我看清了他的眼睛。他的眸子是淡黃色微帶綠，瞳孔非常清晰，不知怎的，叫人想起貓在暗處的眼睛，又沒那麼柔和，有股光在閃爍。我就不回避他的目光，像是不肯輸給挑戰的對手。心裏閃過一個念頭，這目光是畫畫的人總在敏銳地攝取對象特點的職業習慣？還是一個男人的穿透性的目光？

……沒有人知道是爲什麼，一個個夜晚，我開始趴在蚊帳裏，就着油燈寫個不停……雨仍然下個不停。

當初所遇到的他和現在的他，是一個人嗎？我怎麼會那樣地被他迷住？可我就從那兒走到了這兒。

我的小屋被笑聲掀翻了。

開學的前一天，我終於拿到了通知書。車間裏、廠裏的朋友們來了，鄰居們端來晚飯，各式各樣吃的，只好在桌上、椅子上到處擺。大家七手八腳幫我收拾東西，我沒幹什麼活，可也一刻沒閑着。像是臨時組成了一個百花獎評選委員會，大伙兒邊忙活邊挨個評價電影。兩個男孩子被說起的「功夫片」勾的手癢，練開了武打，一回身撞翻了一碗餃子。技術處的小貞在學某個女明星嗲里嗲氣的表演和那個著名的媚眼，笑得我直不起腰來。突然響起彬彬有禮的敲門聲，大家不由怔了一下，推門進來的，是表情嚴肅的喬亞光，所有的人一齊大笑。亞光也莫名其妙地跟着笑了。

姑娘們的注意力公開地，或者悄悄地轉移到亞光身上。難怪，他的談吐、風度越來越有魅力了。而且他最近發表的一篇小說有希望得今年的短篇獎。兩個星期前，我到座談會上找他，正瞧見他在同時和兩三個人交談。談着幾個不同的話題，話頭接話尾，從一個命題的論據跳到另一個命題的論點，忙得活像架被人擺弄着的錄音機，不停地快進，快退，尋找出所需要的那一段落。他現在就這樣對付着一幫姑娘開的玩笑，微笑着說了句小小的幽默的話，所有的姑娘都樂了。我也笑了。亞光也笑着，忽然扭過頭關心地看了我一眼。

一下子，我發現我心裏原來並沒有多少歡樂，而是空蕩蕩的。

我慢慢收拾着小小的零碎。原來證明他存在過的迹象還是那麼多。窗臺上扔的廢刮鬍子刀片、我爲他打的、才一半的毛衣，怎麼辦呢？……抽屜裏扔着一盒「中華」，他仍然沒有煙癮，可每次出去辦事都要帶煙……曾經組成一個家庭的每一樣東西，都歸在一起了。當初，廠裏對我們也說是暫借三個月，我們打算像別人那樣，永遠地暫住，這麼快，卻自動交出了鑰匙。

惠萍挺着肚子，帶着孕婦特有的懶散，慢騰騰地，但也不停手地收拾這兒，弄弄那兒，還特別輕手輕腳，好像需要照顧的倒是我。她也默默地看看我。她是羡慕？還是在爲我難過？半年以前，她還天天早上起來跑步，發誓今年決不結婚，又買了一本《英語廣播講座》第一册，重新跟着學。春節才過，她那個工農兵學員的男朋友一畢業，從外地回來，她就經受不住愛情的沖擊波，急急忙忙地結婚了。到現在沒有房子，而且和丈夫的工作單位離的極遠，每天下班，騎一小時自行車，倒可以到中間站的婆婆家吃頓合家團聚的晚飯，然後，又跑回集體宿舍來住。她怪她的丈夫太弱、太無能，我怪我的丈夫太強，我和她都活得很賣力，很認眞，卻都很難……我們再也沒有工夫坐在各自的床上，抱着被子交流對男人、對家庭的看法了。

小貞正當着唯一剩下的一個男人亞光，滔滔不絕地發表她的新見解。她的言談舉止是她愛情風波的晴雨表。當她和一個比她大十幾歲的小提琴手戀愛失敗時，她再也不拉琴了；後來又和一個搞英文的交了朋友，就老打算用英語跟人對話。現在，她準是跟個持新家庭觀點的大學生之流打得火熱。因爲她在說：

「惠萍，你眞傻，幹嗎要孩子呢！一點兒也不合算。懷孕就非常難受，對吧？生孩子，又要經歷九死一生的危險和痛苦，我可不是嚇唬你！一個靈魂出世，教育是最大的問題，而且，他或者她是不是有出息，跟你本來的願望和努力程度，並不成正比，況且現在工資都低，連孩子要這要那的小小虛榮心都很難滿足！就算甚至犧牲自己，眞把他教育成器，找個對象也不一定告訴你呢！你別難過呀……」

我淡淡地笑了。她不知哪來這麼多嚴密細緻的推斷，眞好像過來人似的。唉，當我二十三歲的時候，想得一樣多，一樣具體，更自負呢！不過，我很想知道，她是否眞愛過什麼人？當一個人眞愛起來的時候，才能知道，所有理智、冷靜的分析，不如那麼一個衝動的念頭更堅實有力。

可是，在愛情的衝動後面，生活還是生活……

姑娘們走了。走到樓梯拐彎的地方，還仰頭叫着，將來拍了電影，別忘了請她們看。我笑着應着，亞光也笑着。

就剩了我們倆，我們一下子都沉默起來。

我提着東西跟着亞光走下樓，走到樓外面、過門前那道排水溝的時候，他扶了我一下。好像我倒是客人。我眞給他添了不少麻煩，忽然告訴他我要結婚，忽然又找他，我要離婚，他都默默地接受了。一樣地幫忙。我們從小是好朋友，又一塊去邊疆，當初還是亞光先認識他，是亞光怕我悶的慌，找出了他的畫來。我爲什麼一直沒有愛上亞光，而是去愛……而亞光找了一個不能理解他的、卻絕對溫柔的小姑娘。他永遠不會知道，假如他不寫小說，我本來也許會愛上他的。他的小說比他人要淺。我現在心裏卻閃過：這有什麼關係呢？他卻能體貼人呢……

亞光瞧着我，動動嘴，好像要問什麼，但終於什麼也沒問。只是深深嘆了口氣。

我突然覺得害怕極了，我想跟亞光說，我不！我本來想和他，和我的愛人走到底。不管生活怎麼難。可就已經到了這一步。像是兒時不由自主地參加了一個可怕的遊戲，說不玩，想回家，已經晚了……但我也只是嘆了口氣。

我們不禁一齊向樓上望着。

這兒曾經是一個集體宿舍樓，現在，每一扇亮起的窗子都代表着一個家庭……

「喲，忘了關燈！」

「我去吧。」他把手上的東西遞給我。

「還是我去。」

我又跑上樓。

像是走進了一個從來也沒有住過的地方。全空了。兩張並排擺着的單人床上光禿禿的，只剩下床邊牆上，還釘着兩大張淡綠色的厚紙。爲了不讓時常剝落的牆灰蹭在被子上。他喜歡綠色，我也喜歡。我扶着，他按的圖釘。牆很硬，他的手勁兒大……現在起下來也難。幹嗎起它呢？馬上要搬進一對新人來了。可也許，他們不把床擺在這個位置上，也許，他們將釘上更鮮艷的花紙。

樓下有自行車越過排水溝發出碰擦聲。樓梯口有腳步聲。又消失了。再不會是他。

那時候，他每天總是回來得很晚，爲調動工作的事在外邊跑，我聽着風聲，看着書，或者寫着什麼等他。約摸他該回來了，便倒好洗臉水，用另一個臉盆扣上。聽到他的腳步，先去試試水溫，涼了，再加上一點熱的。我並不想當個做好事受表揚的好孩子，可他從來也沒對那熱水說過哪怕一個字，他總覺得這是理所應當。我其實總有一點暗暗傷心。因爲我老在爲他分心。幹着事情，老不由得想着他怎樣在路上騎着車，他到了什麼地方……每當有自行車越過排水溝發出聲響，我心裏總是一動。直到那獨特的腳步聲響起來，是重而迅速的大步，像趟河，毫無顧忌，那就是他回來了。

非常安靜，安靜極了。

明天，一切將從零開始。

4

涼臺門開着。隔壁一家在放國際足球賽現場轉播。是電視？還是收音機？那一陣陣歡呼的聲浪，比這麼喝着茶，跟一個上年紀的人慢慢說話，對我更有吸引力。

可我在跟楚風之講一個笑話。

他開心地哈哈大笑起來，總算丟開了一下讓人感到隔膜的體面。笑着，他接過去重講了一遍，我又跟着笑。他其實倒像個捧了件寶貝，顚來倒去總玩不夠的小孩。笑的波紋還沒散盡，他又抓住笑話的尾巴，再講，再笑。我一點也不覺得可笑了。還是陪着笑。冷場更難堪。

眞難受！假如老找不到合適的縫隙，一下深入進去，對話就會跟沒搭上的球賽一樣，其此都發揮不出來，只有一個勁兒把球踢出邊線。到了需要不斷地尋找新的話題來塡補尷尬的停頓，多半就該知趣地告辭……

笑完了。我又面臨這種處境。他談李公麟的馬，我談韓滉的牛，又談李苦禪的鷹……他短短地來一句，我也短短地來一句。根本沒進入競技狀態，不過像在隨便玩玩傳球。也許拿劉副主任那封信來，反而把事情弄歪了。需要被推銷的，有時容易讓人懷疑是不是貨眞價實……

然而，球突然就到了球門區。

我對面的牆上，掛着一幅黃賓虹的《岩壑清秋》。我又沒話了，順口談起黃賓虹山水畫的用墨。

就這一腳，楚風之朦朧的眼光亮了。

「對，這幅可是墨氣淋漓之作！你瞧，畫面四分之三是山，幾乎盡是墨，但用筆，啊，有緊有鬆，有濃有淡，虛虛實實，脈絡分明……所謂，可以只作三兩筆便成一局佳構，也可以潑斗墨而成一局好畫嘛。」

「石濤也說過：『黑墨團中天地寬』，黃賓虹老先生徹悟此道了。另外，像齊白石的蝦，那麼透明，其實也是宿墨的。」我補上一句。

「齊白石嘛，蝦是到家了，集文人畫之大成啦，不過……」他沉吟着微微搖頭。

我也想了一會兒，停了一會兒：「……可惜，我們對黃賓虹的國畫地位評價不夠，我認爲他的畫在齊白石之上。不過，齊白石老先生的畫雅俗共賞，而黃賓虹卻像煞是陽春白雪了。」

「好！好見解！」進了他的網，楚風之倒喝彩了。

我明白，進攻時不得越位。高見還是輕狂，只有一步之差。老年人常常就信手把後一頂帽子給年輕人戴上。我的見解就到這兒爲止。

每個人有每個人的話匣。打開它，需要的只是一把合適的鑰匙。楚風之眞來情緒了，沒完沒了地說黃賓虹。我插不上嘴，也不用張口了，只要聽着就行。

在談黃賓虹的博學，吸收傳統之長，而又師法造化的同時，他皺着眉認眞批評起當代一些青年畫家，不講國畫技法，功底差，追求表面效果的問題。我同意他的話，但也沒有興趣。那些皮毛的創新沒什麼大意思，可這種批評也沒什麼新東西，況且帶着非要人點頭、其實從中什麼也悟不到的勸誡的味兒，使人煩膩。我並不是來聽他以黃賓虹爲榜樣，叫年輕人最好都早學晚成、穩穩當當慢慢來的講座。我不是他。時代、環境、條件、人都不一樣了。

他大概突然覺着說累了，喝着茶，不出聲地瞧着那幅《岩壑清秋》。我倒希望他還是教訓點什麼。

「這件是原作還是複製品？」

「複製。」

「能收藏到他的原作可不容易。」

「我倒是收着幾件呢！」

「噢?!」

楚風之正在興頭上，居然被我渴慕一見的眞情驅動了。他抱來幾軸畫卷，我小心翼翼地展開，用一根小竹棍挑起，一一搭在書櫥頂上，懸掛起來。我們倆退到門邊欣賞。

其中一張設色山水，是黃賓虹的晚年精品，我不由驚嘆了。

「這是五二年跟他要的。那張是跟劉老換的，用了張齊白石的字。那張是買的。」楚風之瞇着眼，如數家珍。

「不要命的愛畫！」楚風之的老伴打開電視，邊嘮叨，「那些年，每個星期天跑榮寶齋。瞧見那張畫，又愛，又嫌貴，每回拉着我去轉，轉來轉去，還是給買進來了！錢呢，都是這麼花了……」

「還是很合算的！」我說。

「你懂！」楚風之衝我挺默契地仰仰下巴。他又拉開一個橫幅的畫，用鎮紙壓在寫字臺上。

「林散之的！」我立刻認出來。

他輕輕點頭，帶着局中人才能體察的微妙的得意。

我幫他說出來：「唯一得黃賓虹眞傳的，也就是林散之老先生了。不過他這十幾年幾乎不畫，主要是寫字。得他的畫，比黃賓虹的還難！」說着，我發現寫字臺上擺得有研好的墨和筆。一問，原來楚風之也畫一點畫。他的畫我可沒法評價了。格調倒很高，但沒什麼自己的感覺，要說他像黃賓虹，其實成了貶意。正想着能說點什麼，楚風之的老伴指着電視屏幕，驚訝地叫着：「喲，那不是你嗎？」

不早不晚，正是我的那一小段節目。

「嗬，不錯！你的畫也很不錯嘛！」楚風之看着電視裏介紹的畫大聲稱讚起來。

天時、地利、人和，這機緣沒那麼偶然！

「你不是要出畫册嗎？」楚風之主動問起來了。

「是本速寫集。」

「我看，你可以擴大一些，把你的國畫加進去。等等！還是不要太雜更好，就先出你的虎嘛！畫得不錯，銷路也一定好！再談一下如何畫的問題，前面加文字，在這方面你就成權威了嘛！」

坐到現在，我第一次興奮了。比我期望的還多！到底是老傢伙，想得更遠，更全面！

老伴擺晚飯時，老頭兒叫我給他畫張虎。筆墨現成，乘興揮筆，我畫得很快。他默默站在一旁觀看，終於輕輕說了一句：「唔，這張倒有點意思。」

豈止有點意思。這是我畫的最好的一張虎！我心裏清楚。一邊仍舊不做聲地畫。他未必看不出來，也許怕驚了我，而我，已經捨不得給他這張畫了……

楚風之的老伴拉我去吃飯，我告辭了。卷起剛畫好的虎帶走。告訴楚風之，我沒帶圖章，等蓋了章、題了字以後，過幾天再給他送來。……到那時候，就不是這張了……

我早都忘了，楚雲雲還在國際俱樂部門口等我。她一定正像朵想被人摘的花，焦急地搖來擺去。她太容易到手了，容易得叫人打不起精神。下次我要告訴她。我卻朝吳大平家奔去，應當把這個新的變動告訴他，具體商量一下……我飛快地騎過傍晚的街道。

怎麼了？

我漸漸注意到，每一個食品商店門口，都甩出一個長長的尾巴。街上好像比平常還要擁擠，人們手上的提包似乎也比平常滿。發生了什麼事？

在一片高矮參差的房頂和黑呼呼的樹梢上，一個圓溜溜、鵝黃色的大月亮，沉靜、無爭地俯視着這個熙熙攘攘的世界。

今天是中秋！我突然悟到。

自行車自在地歇在商店門口，卻沒有帶紅箍的人在旁邊吆喝。支上車，我也進了商店。扭來扭去的隊伍，找不到尾。像一盤繩子，塞滿櫃臺與櫃臺之間狹狹的空地。看不見櫃臺，也看不見月餅，只聽見男女老少的各種聲音交織一片的叫喊……「棗泥」、「五仁」、「火腿」、「提漿」……黑壓壓的人頭上，幾個白色的小帽飛來飛去。

長長的隊伍每一下耐心地緩慢挪動，都包含着一串等待歸去團聚的焦急……

一手扶着車把，一手提着加了張印着「中秋」字樣的紅紙、包得很好看的月餅，我沒有啟動。我突然不知道該去哪兒。這個時候，沒有一個幸福的家庭需要外來人。

這一天，所有打過交道的人的臉飛快閃了一遍，又消失了。

只有回單位宿舍去嗎？去鍋爐房打開水？去泡方便麵？把脫下的襪子愛扔哪兒扔哪兒，一邊畫畫，一邊打開收音機，順着音樂欣賞，廣告節目、國際新聞、天氣預報一路聽下去，冷靜地籌劃下一個明天要幹的所有事情，然後，拉開早上來不及疊的被子，一個人在黑暗中躺下？一個自由自在的單身漢！在經歷了一段家庭風波的困擾之後，一個人過日子讓人感到精神上頓時鬆快了許多。可現在，這種自在怎麼突然叫人感到無比厭煩?!

我放好自行車，無目的地在匆匆往前趕的路人中慢慢走……在這被一片溫情籠罩的夜晚，我卻被突如其來的沉沉的憂鬱浸透了。它不是從外邊澆下來的，而是從裏面向外滲泡、擴展……

每天，每天，從早到晚，只要醒着，我就在琢磨，在不停地跑動。為了在事業上站住腳，我抗爭着，四處尋找新的突破點，我不斷地和各種人打交道，像蜘蛛在織着網。我不斷地跟人說着，笑着，還他媽的陪着人笑！有時我覺得自己都不存在了，有時我覺得我依舊保持着頑強的意識，是在朝認定的目標奔着……然而，現在，和大街上的人們肩擦肩的碰撞着的時候，我卻體察到，一種清晰的孤獨感，甩也甩不掉！或許它一直封閉在意識深處，一旦開了道縫放出來，就不肯回去。

一個又一個路燈，爲模糊了空間距離感的黑夜，拉出一條條延伸的縱線，並不給人追隨的慾望。一家又一家商店門上，霓虹燈閃閃滅滅，跳亮一片，又跳亮一片，再串成一幅圖案，始終精神十足地重覆着有限的組合。旋轉着紅藍白標誌的理髮店、飄出香味的飯店……來了又去，去了又來。哪兒也不想進。

遠遠，又看得見那塊舞劇《孔雀公主》的大廣告牌。四週一圈小燈泡亮閃閃，板面中間卻很黯淡，特意用了螢光粉和螢光綠的字，晚上和白天同樣地不鮮明。這塊牌子豎了快一個月，省歌舞團恢復了這個舞劇，搬到北京來演，主角早已不是文倩。幾乎每天，都要瞧見這牌子，有時，該去看看文倩的念頭閃過，從來沒有下車。過去的回憶只是回憶，眼前的奔跑還是奔跑。臨調北京時，她在我那兒哭了一場。不知她現在跟丈夫關係怎麼樣了？一朵嬌弱的花，一個憨直的大兵，恰好像牌子上的粉和綠。在生活這個大調色盒的兩個相鄰的格子裏，是兩塊互相襯托的漂亮的補色，調在一起，卻成了很糟糕的顏色。她還叫我送她一幅畫留做紀念，答應了，卻總也沒有為她畫。……也許她馬上要回去了。去嗎？現在，為了去聽她說，還是跟她說點兒什麼？都是在過去的回憶中繞來繞去……

我需要一個安靜的地方，結結實實靠一下。

……怎麼的，大平也突然變得叫人羨慕起來！本來，朋友們都還笑他呢，早先還有幾分風流勁兒，娶了個管廠裏工會的老婆，就一塊兒被管起來了。從那人就變了。不過他那個家，不錯！……盡管她不露面地在厨房裏忙着，還是能感覺到，每一樣兒擺得整整齊齊的小東西，每一個擦得乾乾淨淨的小角落，都在一雙能幹主婦的手下被操縱、調度着。她燒的菜不見得怎麼精美，但她總是在那兒忙活來、忙活去，端上一個盤子，又撤下一樣東西。吃飯也像是受她的指揮。她們那雙小兒女拿來練習本。每一行頭一格，是大平的字，恭恭整整，一筆一劃。他自個兒上小學時的本子像卷心菜葉，如今，卻成了孩子們的良好楷模，後面的方格裏跟着照樣描的，稚氣十足的字，越描越走樣，一個挨一個……

羨慕他什麼呢？我也不明白。只是一種真切、說不出的體會，那平淡的生活裏，潛着十分誘人的東西。也許就是這樣隔着玻璃窗，清楚地瞧見普通的家庭畫面，感嘆了，進不去，也做不到。眞找個大平愛人那樣的老婆嗎？不要那麼潑辣，要有那麼能幹……與其說是退一步，不如說更要有勇氣。盡管她把你收拾到無可挑剔的地步，還得獨自承擔精神上的一切……

不時有一兩個姿色稍稍出眾的女郎從眼前飄過。她們看看我，我也看看她們。一瞬間就交流了帶着潛意識的信息傳遞。那些漂亮臉蛋的魅力隨着視線看不見而消散了……

有些東西，細節極小，卻總是帶着新鮮的感受留在記憶中……那時候，當我在風中奔跑了一天，不管多晚，一進門，她總是已經擺好一盆溫熱恰恰剛好的洗臉水。我猜不出，她怎麼就知道我會在這一個瞬間出現呢？女人彷彿有另一套感覺系統。我不說什麼，我在外邊笑着應酬得實在太多了，幹嗎要把那些柔情都吐出來呢？而且不僅僅是柔情，衣服上披着外面的冰冷寒氣，把凍僵的手指伸進熱水中，靜靜站一會兒，不只是感到格外的熱，心裏會隱隱發酸……也許，當時的感覺還沒有現在這樣細膩、清楚，可那麼一盆熱水，到現在竟記得這麼牢！有時候，在外邊不敢呆得太晚，因爲總有個意識在干擾：她一定坐在家裏等！常常也覺着眞是一種麻煩、一種束縛，可現在分開了，又會覺得那束縛也是一種需要似的……

怎麼，我還在想她?!

並且立刻捲起一股心緒不寧。我在外邊要對付的東西實在夠多了，回到家裏，我就是需要她溫順、體貼，別吱聲，默默做事，哪怕什麼也不懂。可她就不這樣！她要做她的事。我到現在也不明白，她為什麼就那麼難以「馴化」。……

……「咱們倆總像是兩隻虎住在一起，雄虎和雌虎！」我跟她開玩笑地說過。

「那是怎麼樣一回事?」她還很認眞，很有興趣地問。

等我告訴她是怎麼一回事，她臉紅着推開我。可是，我們總在為什麼東西互相抗衡，互相抵消精力，還老是不由自主地重覆着結構大致相同的戲……

那一夜，也是從一盆溫熱適度的洗臉水開始。麻木的手指在溫水中感到微微刺痛，眼看到手的一個戶口指標，被一對五十歲、分居二十年的夫妻搶去了。眞是笑罵都不得。說我的畫畫得好有什麼用，我需要的是成功的空間、條件、時機！我卻仍然只有耐着性子點點頭，「耐心地繼續等待」。我突然感到疲憊極了，已經倦於再為等待而到處奔走……她呢，卻趴在桌子上，守着一大堆紙，吭吭哧哧地寫着她自己的什麼東西。我不知道為什麼要譏笑她，也許就是因為不願意看到她這樣背對着我。

她自然也回敬了我，比平常還要激烈。我默默瞧着她怨氣十足的模樣，站起來，我一句話不說，抱住她，用一個吻堵住她不停開合的嘴，這個晚上，我實在厭倦爭吵。由男人挑起的家庭裏的戰爭，一個動作比一千句話更有效。

「別來這套！」她卻拼命要推開我。

「你洞察一切，可我是你丈夫！」她越掙扎，我越抱得緊，在這種較量中，我感到那些無名的煩躁被扔開了，有點興奮。我笑着吻她，她把頭扭到一邊。

「你呀，總想法兒把我綁在你的戰車上。」

「當然，我們應該是一股勁兒。」

「可是，你不能代替我去生活。」

「你呢！你也沒有幫助我！」

我興趣索然地鬆開手，躺下來。而她，依然背對着我，還在那兒把紙弄得嘩嘩亂響。

「你能不能安靜點？」

她弄紙的聲小了。她並沒有明白我的意思。

「你能不能睡了？這裏只有一個空間。」

她又用報紙去遮燈。

「我再說一遍，我希望你別只顧自己！」

「我究竟幹出什麼了？」她氣惱地把紙一推。委屈十足地又要開戰。

「我跑了一天，累了。」

她慢慢站起來，走過來，俯下身，嘆了口氣。

我翻過身去。

她關了燈，默然脫衣服躺下。我睡不着，開始想下一步該怎麼進行新的努力。一會兒，聽見身邊輕微的哭聲。

「你怎麼啦？」

她把被子拉到頭頂上。聲音沒有了，可是能感覺到身子在抽動。我實在煩透了，一下坐起來。

「你要怎麼樣，你說。你要非寫不可，你去寫好了！」

「不，我也許眞不行……我，我不是有意要吵你……」她抽抽嗒嗒地說。

我突然想起來，剛才看到桌上有編輯部的信封。是不是又退了稿？我伸出手去捏住她的手。

「原諒我。」

「原諒我……我有好多話想跟你說。」

「明天吧。我也不好，我也有我的苦惱，可你老跟我不對付，我們之間吵來吵去有什麼意思。只有咬着牙幹。」

她不做聲了。我想起來，這些眞誠的話，對她可能又是新的煽動。

「你一個人，能走多遠呢？我知道你爲我犧牲得很多，我會對得起你，你還是好好跟着我。來，」我伸出胳膊。淚水把我的前胸、肩頭擦濕了。

「回來了嗎？……」

「……嗯，我改……」

兩個失敗者緊緊地貼在一起。本來是一個寒冷疲憊的夜，變得充滿了柔情和喃喃的低語。

早上醒來，我們又習慣地伸手摸摸對方。我注視着她，她朦朧、溫柔地微笑着。然而，當她坐起來，看到桌上那堆紙，她卻露出悵然若失的神情。呆默了。

第二天、第三天晚上，她乖乖地按時關燈，躺下。很久，還在翻來翻去。

到了第四天，回來，等待我的，又是一盆熱水和她在桌前的一個脊背……

我想過，等有了孩子，她就沒有這麼多念頭了……

怎麼了！難道她的一切還屬於我的一部分，甩也甩不掉?!而她，一定覺得是解脫了。連個影兒也見不着，連點舊情也不念。是啊，那電影學院裏漂亮的小子也少不了。我還吃醋呢，哼！……留在這街上熱鬧的旋渦中，還是回到那個亂七八糟的小屋裏，我已注定只能碰到寂寞在等待。這月亮幹嗎要這麼圓，人們幹嗎要編出這麼個神話呢！

我的車沒啦！商店門前一輛車也沒有啦。准是叫人搬走了。倒霉！我提着月餅四下看，路對面不遠的地方，幾個人圍着輛帶斗的三輪車正吵得不可開交。那上面放着好幾輛自行車。

一動不動地坐在車座上的瘦子，板着臉用一句話對抗所有的咒罵：「找上邊說去。找上邊說去。」我剛擠到跟前要說話，突然脖子上恨恨挨了誰一巴掌。一回頭，是個矮個的傢伙動的手，明知他是想給那瘦子一下，沒夠着，落在我身上，一股突然上來的不可抑制的邪火，使我就勢，衝着那個還在嗷嗷叫的小子的扁臉，就是一拳。他毫不防備，跌出人堆，摔到馬路沿上邊去了。他一爬起來，立刻撲上來。

我正準備着架，又挨了一拳。是矮個的同伙幫忙了。我立刻朝橫裏踹出一腳。全亂了。樹下黑影裏一場混戰，我不管不顧地揮着拳亂打。也不知打的是誰，也不知為什麼在打。

我拼命追一個傢伙。順着馬路，繞過電線桿，鑽進小胡同。他跑不動了，突然站下，喘着粗氣求饒。我轉過身慢慢往回走。

瘦子正從三輪車上卸下唯一剩着的一輛自行車。我的！我推着車剛要走，聽見他在小聲說：

「您的東西！」

我回過頭。他遞過來一個破紙包。裏面還剩一塊不知什麼餡的月餅。在月光下，我突然發現他流鼻血了。而且，他還很小，大約十八、九歲。

我把那塊月餅掰開。

「一人一半。」

「一人一半。」

我的聯想很簡單。

[illegible]了。而且，他[illegible]，人[illegible]大，[illegible]。

[illegible]

一[illegible]東西」

說：

[illegible]

[illegible]

[illegible]

什麼在上？

全[illegible]

[illegible]

到處路沿上撿柴了。他一[illegible]起來。

火，便[illegible]

5

……五點半。昏暗中，我睡意朦朧地努力辨認着錶盤上時針和分針的位置。再睡十分鐘！我的動作可以再加快些。我把手錶放在枕頭上，冰冷的錶殼貼着臉，聽得見走動的聲音……

才一小會兒，我又醒了。天花板好像亮了一些。天呀，已經差七分六點了！我立刻掀開被子，急忙從上鋪爬下來。

像鴿子籠一樣塞得滿滿的宿舍裏，一個個上鋪、下鋪中，姑娘們還在靜靜地閉着眼睛。柔和的晨光透進窗子。這種甜絲絲的寧靜有點兒使人感到意外。導演系的女同學向來像是在賽着，看誰睡得最晚、起得最早。只因爲上午是學院的秋季運動會，停課，大家都要去參加比賽，才睡了一個難得的懶覺。每個人亂糟糟的桌面上，書本堆上，都放着一張寫着阿拉伯數字的牛皮紙，是運動員號碼。

我把運動衫套在裏面，飛快穿好衣服。去洗漱間的短短幾步路，用梳子梳着頭髮。刷牙的時候，腦子裏把一天要幹的事情迅速過了一遍。安排得滿當當的，還是弄不完。……晚上，是晚會，可以用上……想輕手輕腳，臉盆放到床底下的時候，還是響了一下。

睡在下鋪的路露閉着眼小聲說話了。

「噯，咱們還跑嗎？」

「說實在的，我眞怕跑不下來，三千米！」

「我都不想跑了。」

「我也是，到時候看吧……」

「你還去？」

「我趕得回來。」

我跑到樓上去叫攝影系跟我合作的男同學。在門口轉了幾圈，不知道怎麼叫好。敲門，會驚了旁人的好夢。門自己開了，一個校運動隊的同學拿着跑鞋出來。我請他叫醒鄧小達，並讓他告訴他，我先去了。

在師大門口站了一會兒，鄧小達騎着車來了。他是攝影系年紀比較大的同學，我們簡單地談過幾句在社會上遇到的事情，感覺差不多，就一下接近了。他總是一副不緊不慢、心裏有數的樣子。話極少。跟他合作，商量問題，他往往只是說：「可以。」或者不吭聲。再多問幾句，他便微笑着：「行呀，我沒說不行。」有時也談起另一種設想。他這副勁頭有時候弄得我不知所措，顯得我好像怪沉不住氣似的。但他那種並非是由於謹慎，而是過份與人無爭，隨遇而安的氣質，倒也有一種精神穩定作用。

他不慌不忙地下了車，不慌不忙地說了句：「你眞快！」倒更像是在用他的節奏對我說。「何必呢？」我遞給他一個燒餅，他從書包裏拿出一個塑料袋，有兩個油餅。我們嘴裏嚼着，靠着樹，眼睛盯着學校大門。

正是早上鍛鍊身體、念外語、買早點、一些學生回校的時間，進進出出，各式各樣的年輕人。可要找幾個合適的青年演員，眞難！表演系的同學是會演戲，太會演了一點，而且太漂亮了，漂亮得總讓人感覺長相差不多。生活裏一人一個模樣，不少人長得就很有形象感，但是一旦認眞尋找起來，卻好像找不着了！我們昨天已經來過兩次，沒發現一個合適的。這是第一個用攝影機拍的導演小品，不過一本膠片，十分鐘的長度。

「導演系，眞能折騰。」鄧小達吃着，看着來來往往的人說。

「那怎麼辦，大家一天到晚嘴上掛着新浪潮派、意識流、生活流，現在都得從這個小品開始慢慢熬，而且，每個人都說：何苦不吃不睡的，不是想不開嗎？可每個人都在拼命……」我看看錶。

「不過，用功歸用功，女同志當導演很困難。」

「是呀，我現在才知道，拍電影其實是一個生產過程。那麼多的事務性工作，各方面複雜的人與人的關係，需要很好的組織能力和體力……想起來我報考的時候，回答老師問題的口氣，眞夠傻的！」

「你總是這麼精神十足嗎？」他突然問。

我沉默了。急忙更仔細地四處尋着。我發現一個端着碗的男同學，好像行！我拉了鄧小達一下，趕緊跟上去。

我跟那人平行。他沒注意，用筷子敲着飯碗只管走。只能看清側面，還可以。小達跑到前面去看。我繼續跟着。那個人發現了，扭頭看了我兩次，等我對他的形象看清楚，並且又一次失望了的時候。他已經非常驚詫地站住了。儘管我跟人家解釋了，可一剎那還是被對方猜疑的目光弄得很窘迫。幸虧鄧小達給我解了圍。

「你看……」剩了我們倆時他說。

「算啦，你又要說女的不行。等會遇個女孩子，你去試試！」

「我是說，這些小小的心理障礙還是可以克服的，你幹嗎要臉紅呢？」

「是嗎?!」我笑起來，「這可是沒法子克服的。」

他笑着。我突然從他的臉上什麼地方勾起一點模糊的觸動，是什麼呢？

我們又發現了一個女同學。是鄧小達上前的，我在不遠的地方看着那個女同學。小達從容地和她交談起來。他也許要解釋一下，不過他就是說點兒別的，她也會樂意聽。我對她的形象氣質都很滿意。

……時間已經來不及了。我跟那個女同學談話多用了十幾分鐘，只好使勁騎車往學院趕，把小達也扔在後面。我想，最好是這個「三千米」已經跑完了。騎到運動場邊上，老遠，班裏同學招手跑來：「快！快！正在檢錄！」「四個人取前三名，只要上，咱們班就能爭一分！」

正在環形跑道中間做準備活動的路露跑過來。我焦急地告訴她，我忘了帶比賽的號。「管它呢！上吧！」別看她平時挺文氣，到時候也有一股子勁兒。

我匆匆脫掉外衣，奔到起跑線上，左右看看，知道我是絕對沒「戲」。報名的時候，這個項目還有不少人，到現在都退下去了。剩下的四個人，一個是校隊的；一個是表演系的，高高的個子，大洋馬似的；還有路露和我。她比我跑得好。蹲下去的時候，我小聲說：「陪太子讀書。」她也小聲說：「我陪你。」沒想到校隊的那位表演系的大洋馬也在說：「……悠着點，別跑太快，吃不消……」

槍響了。

誰也不「悠」着，都爭着搶最裏面的跑道。表演系的姑娘摔了一跤，趁勢靈活地打了個滾，卻擋住我的路，是扶？還是繞？我一猶豫，她爬起來了。校隊第一，路露第二，她第三，我最後。我們一個跟一個排成一小隊，緊貼着裏側的白線邊，勻速地向前跑着。

四百米的跑道，要跑七圈半。一圈才跑完，我已經覺得很累，也許眞跑不下來。每天都生活在高節奏中，再加速，沒有多餘的精力……我拉下了兩步。又落下幾步。「快趕上！趕上！」跑道外的男同學喊起來。我拼了幾步，又追上了。耳邊又在喊：「超過去！超過去！」天哪，還有六圈呢！可我還是加快了。這助威聲也提醒了我前邊的人，她也加快了。她高大勻稱的身體始終擋着我的視線，我總也超不過去。就在我要慢下來的時候。我發現她也慢了。原來彼此彼此！我一咬牙超過了她……兩圈完了。

路露還沒有超過校隊的，她們緊緊地咬着牙跑，成了一組。表演系的落在後面。我獨自跑着。跑道好像豁亮了，腳下輕鬆了，呼吸也勻了。我想起來了，也許剛才的疲勞是運動上所說的生理極限，超越過去，就會得到新的平衡。跑彎道的時候，我發現表演系的姑娘越拉越遠了。她大概突然泄氣了。我又想起鄧小達說的「克服心理障礙」，很有道理！我看到他騎着車不慌不忙地進運動場了，朝這邊招了一下手。在他眼裏，我一定又顯得精神十足的。

……是的，十幾年前，釘在小床頭上，制定得像作戰計劃一樣嚴密的作息時間表，從來沒有執行過一天。如今，那種單純的學生心理被磨掉了，卻能自覺地遵守自己想要達到的生活秩序和節奏。不僅僅是導演系的生活學習本來就緊張，而且是我自己需要這種塞得滿滿的、再也插不進一點別的東西的狀態！……

鄧小達就在前面跑道邊上看着我，笑着說句什麼鼓勵的話，我沒聽清楚，也沒有對應地笑。跑着，再做一個額外的表情，很難。但我突然明白，是什麼東西曾經觸動了我，鄧小達的眼睛很有幾分像他！……他的臉一閃而過。

……是嗎？沒有人會知道，對於我來說，跟家庭生活的負擔相比，清苦的學生生活會有一種精神上的解脫以至輕鬆感。我再也不必按另一個人的生活習性強制自己改變。我再也不用因爲顧慮他喜歡我怎樣做，不喜歡我怎樣做，而時時感到約束的力量。我甚至不大照鏡子了，我不再需要爲了誰而關心自己的容貌。連新的失敗和所有理不清的紛雜思緒，也帶着一種輕鬆。因爲再也不用在苦苦的思索中，爲了他的事，放下自己的筆。因爲再也沒有一個可以依賴的心靈，使我放縱自己的苦惱，而惹出兩人之間莫名其妙的煩躁，引起一次次完全風馬牛不相及的爭吵。我擺脫了沒完沒了重複的家務活。兩個人一起過，事情不是簡單相加，而是奇怪地發生平方或立方的變化。我再也不用惦記着他究竟什麼時候到家，想着他吃飯沒有？他想吃什麼？再也不用注意他褲腳上蹭的油污和磨破的領口……幾天前在報上看到那一小條電視節目預告，就在今天！……不，不去看，不去給他捧場，他不會放過任何機會，我知道。能想像得出他在這地方也用了功……腳下怎麼越來越沉？那剛剛建立的平衡哪兒去了？跑到哪兒了？這條重複的環形跑道……

才五圈?!疲勞感又來了，來得這麼快！這麼沉重，而且是無法超越的。我知道，我已經太累了。……路露還沒有超過校隊的，我好像離她們近了一點，我和她們步子一致，可再也無法接近一絲一毫。我吃力地擡動雙腿，像在原地顚着，沒邁出多少。一道道跑道線變得飄忽不定，所有零亂的思緒散了……只剩下腳邊這道似乎最短，但同樣沒有盡頭的白色跑道線。

怎麼？我又離她們近了一點？我並沒有加快。她們也不行了？第七圈的槍響了。我們都仍用原速慢慢地跑。誰都一樣。「超呀！超過去！」看不清，但聽得出，一個班的同學都在喊。兩個男同學在旁邊帶着路露和我跑，被裁判趕開了。但我加快了。她也加快了。她終於超過校隊的！還有二百來米，一個外行的女同學拼命喊：「衝刺、衝刺！」還沒進彎道，我扭頭向終點瞄了一眼。不至於完蛋吧？我盡力加速了。要摔，竟然沒摔！嗓子裏嗆得厲害，喘不過氣來，腦子裏像是空了，叫喊聲變成一片模糊的喧鬧，我從校隊的身邊擦過去，又超過了路露……

又一項比賽開始了。大家湧過去。我披着衣服坐在看臺上，剛剛那種直想往下癱的難受勁兒過去了。只是累，不想動。

鄧小達胸前別着比賽號慢悠悠地走過來，停住問：「感覺怎麼樣？」

我覺得他還不如直說：「何苦呢？」但我卻呆呆看着他那雙眼睛，飄着一個淡淡的念頭：像他，又不像。都是微黃稍有一點綠，卻少一點兒光芒。也許，因爲他是背着光站？……我突然覺得我這樣盯着人家很不好。

他不知爲什麼卻笑笑說：「我發現，你是個強者！」

「別損我了。」

「我這完全是眞話！」他這個人也會急了。

「那就是最大的誤會。」我認眞地說。

午飯的時候，食堂裏也賣月餅。我排在路露後面，跟別人說着話，到了，碗往窗口一擺，發現是插到路露前邊了。我說了聲對不起。她淡淡地說：「沒關係，你什麼事不爭先呢！」

我什麼話也說不出來。

歌聲載着歡笑，從樓梯那兒淌下去，剛剛消失，又從窗下出現，挺勾人心弦地流向那邊一大片空地。是表演系的姑娘們。錄音系一幫能折騰的傢伙，從下午就四處拉來木頭、樹枝，專等天黑點火。

我們這一宿舍的姑娘個個紋絲不動。啃着月餅，趴在桌上埋頭幹自己的小品。明天早上要檢查拍小品的準備工作，誰也逃不過。只有我，人是坐着，一個又一個小念頭岔出去……她們眞行，比我小兩三歲，可比我強。沒那麼些失敗的經歷，沒那麼分心。能專心專意埋頭讀書的年齡錯過了。現在，有了一番做一個女人的全部體驗，再來修行，也許，難成正果……

「哎喲，慘啦！」沉靜的湖面被一個石子打破。

「怎麼啦？」「怎麼啦？」

「信！信忘了寄了。唉，我怎麼就忘了呢！」

「打電報！要不，他該急暈過去了。」

「不如掛個長途。那麼幾個字，能說出什麼？」

「想你。吻你。怎麼想，怎麼說唄！」

「哈哈！佛洛依德。你準是在想這些吧！」

原來，湖下游着一羣活潑潑的魚。作了心靈盾牌的書本，乾脆被推到一邊。

「……唉！你們知道嗎？我眞想穿得體面、鮮艷，跟大街上那些什麼都不想的摩登女郎一樣！在晚風裏自由自在地慢慢兒走。牽着一個人的手，走在寬寬的街中間……」

「幹嗎在大街上！我眞想回插隊的那山裏去。月光底下，樹葉、小草全都淸楚極啦……我想吹口哨，翻跟頭，拼命跑，瞎胡鬧。」

「我只想吃好的，想吃媽媽燒的肉。」

「你呢？」

「……我?!一個同樣眞實的念頭，可沒法兒說出口。我在羨慕那種爲一封未寄出的信惹起的深深遺憾的情緒！

「嘿，咱們還坐在這兒幹嗎？不是想不開嗎?!」

「走呀，別太對不起自個兒！」

姑娘們被自己的願望煽動起來，以最快的速度穿戴、打扮了，吵吵嚷嚷，跑出門去。

我一個人慢慢地走。

月亮，獨自在天上靜靜地懸着。如今，那裏什麼謎也沒有了。登月飛船帶回了最確切的實況。那給了多少世紀、多少代人以無數遐想和寄托的遙遠星球，原來是一片荒漠。

遠處，將要熄滅的暗紅篝火，又放射出耀眼的橘黃色的光。一羣緊張地跑來跑去的黑影，在加添着新搜羅到的木頭。

不知是誰，用最時髦的面罩式唱法，在吉他的伴奏下，一支接一支唱着各種情歌。俏皮的，憂傷的。

我不能停下來，要不，我會對一些非常普通的小事兒也留神，羡慕了。

從中午起，樓下的公用電話跟前就不斷地站着人。我瞧見一個女同學打電話的模樣。低着頭，衝話筒一個勁兒笑，好像黑黑的話筒就是那人，她瞟了一眼等在周圍的人，反而笑得更甜。我走過去，又忍不住回頭看看她。沒什麼原因，我嫉妒起她了，連旁邊那些人焦急的神色我也嫉妒！

怎麼啦？一個小小的欲念，會佔據全部心思。……爲了買到他特別愛吃的火腿月餅，一下午，我騎着車到處跑，走過一家又一家食品店，甚至不放過路邊的臨時售貨車。終於還是沒買到，懊惱得不得了。明年一定！是我那個晚上最重要的念頭。

眞奇怪，那是値得的嗎？

唉，我羨慕我自己！還曾經有過爲了那麼一個小小的願望而生的深深的懊惱……

……我想起來，當我和他一起生活的時候，我越愛他、想要依順他，越會落入一種磁場偏離似的狀況裏。我有時會突然想到：「我呢？」「我上哪兒去了？」有時，我很想逃出去，找個安靜的地方，弄淸屬於我自己的全部思想、願望和追求。

現在，眞的只剩下自己一個人了。僅僅是自己面對自己。就在這種過分淸白、嚴謹的生活中，我深切感到，非常淸晰地存在着一段空寂……在這剛剛心滿意足的恬淡中，我好像已經開始乾涸。不知爲什麼，我又羨慕、渴望起那或許又會後悔的傻氣的熱情，那最終也許要失望、仍然不安地期待得到的心境，那些周而復始、瑣碎的家務事……也許，這些倒是生活之河新鮮、流動的增活劑？

溫和的夜風輕輕拂來。一瞬間，一個意識緊緊抓住我。我渴望能拼命地愛一個人。愛他！全身心地把自己投進去，不計代價，其餘什麼也不要，不要！我想爲誰去犧牲我一半清醒的生活，想爲那一個人白白地忙些什麼，白白地……

我這是怎麼啦?!難道我注定要在專注地、不變地去愛的本能和不斷地保持自己的奮鬥中，苦苦地來回掙扎?!

爲什麼?!男人總是在需要的時候才想到愛，而女人呢，爲什麼總要在愛的壓迫中，在艱難的付出以至喪失中才能得到精疲力盡的心理上的滿足？這太不公平了！

太不……

可我無法拉住自己。我仍然對他了解得清清楚楚，然而那些明智的分析卻抵不住本能的一個小小的欲望，他會說些什麼，做些什麼，無關緊要，要緊的是他！

黑暗中，電視螢光屏的微光散射在一把把空空的椅子背上，只有一個人守在電視跟前，默默看着打得正熱鬧的京劇。

那一小段節目早就過去了……

我把手指插進電話撥號盤裏，還沒拿定主意該做什麼。

佔線。我鬆了口氣，不自主地，又重新撥起來。那邊一直佔線。猜不出，誰會有耐心談那麼久。也許是一對情人？只有情人才會有說不完的話。

我要做什麼呢？有什麼信息要溝通？腦子裏，連一個甜蜜的字眼兒也沒有。可我卻不願放下手中的電話。

……沒有變化，沒有盡頭的佔線訊號。但總比什麼都沒有的寂寞要好……

6

——美麗的公主提着閃亮的衣裙，上臺去「赴約」了。化妝室裏，剩了我和文倩。

……孔雀公主，山盟海誓……不是神話扯淡，就是生活扯淡。在那些美妙故事裏，一切再複雜也是單純的，再曲折不幸，總有個清楚的結局。生活、感情，以美的意願開始，常常以醜的方式結束。叫人不願回憶最初的甜蜜，以免帶出緊接在後面的難堪，而生活仍在沒有結果、沒有軌道地繼續運行。……女人老得眞快……當文倩在給孔雀公主換頭飾時，一瞬間這個強烈的對比不禁使我嘆息。我的想法變化也很大了。最初，爲了一個漂亮的臉蛋還想跟人決鬥，如今，那些花瓶式的女人已經領教夠了。只會打扮，只會撒嬌，只會玩，要花工夫陪她，還要防備她惹是生非，快樂一會兒，還是剩下自己。……對柔弱的文倩我是認眞的，但就沒爭過那一身綠！我曾覺着是無法平復的恥辱。現在，又平靜地坐在一起，在這個時候，淡淡地說着各自的生活。

她的丈夫面臨轉業，沒有專長，沒有合適的工作，她到處跑，還是沒最後敲定，出來演出，總放心不下。

我突然想起問文倩：「你愛他嗎？」可這個念頭本身也是扯淡。文倩還是不錯，爲從來也不愛的丈夫在奔波，這就是家庭和現實的愛情內容。而她……

「我還以爲你們不會來了呢。」文倩笑着。「或者是沒收到票。化妝很忙，開演以後，我下去看了看，沒有人……你怎麼沒帶她到後臺來？」

只有柔和的聲調一點兒沒變。我很想告訴她，只告訴她，我現在是一個人。但說出來的，仍然是搪塞人們一般關心的話：「她忙。沒來。」

「她挺不錯的。」文倩由衷地說。我卻在想，假如是文倩跟我過日子，至少不會比現在糟糕。盡管有過糟糕的一段。我們都認清自己需要什麼了。誰跟誰更合適，婚前無法預料。假如是兩種顏色，還可以在調色板上試試效果。生活本身卻沒有「假如」！

「我，想求你一件事。」她有些遲疑。

「盡管說。」

「想跟你要張畫。你現在有名氣了，肯嗎？」

「你是責備我嗎？我沒忘。」

「責備什麼？忘什麼？……要不，這張給我？」

「你要虎幹什麼？我給你畫張孔雀，或者仙鶴。」有幾分本能地捨不得。更奇怪的，不知爲什麼，這會兒我再也不願意提到那虎。吃多了肉似的，膩了！而且，我很想給她留一個美好的回憶。

「還是虎好。人家都喜歡虎。」

「人家？」

「我想送管幹部工作的那個人。剛好又是新搬的家……」

什麼也沒得說。不舒服，又無可挑剔。我自己也是一個樣！究竟怎麼寫畫册的前言，怎麼弄更好，回憶着初戀，這些想法時時往外冒，同時已經覺着實在夠了。

文倩也誇那張虎好。還是老樣子，對我的畫一律說好，一律崇拜。只是說不出哪兒好，怎麼好法兒。聽着文倩誇，有一小股淺淺的自得泛起，又有一種潛在的若有所失伴着。不知怎的，會想起她來。看到我的好畫就不作聲，有幾處敗筆總要點出來。我又不是不知道！本來就是希望她說個好，使那幾處敗筆瞧着不要那麼顯眼……她的問題就在這兒，對我的什麼事都太尖刻。眞是難辦！想找個溫順的，很難有見解，有見解的幾乎一定不溫順。一個男人只有自己面對一個整個的世界，你需要她的對話、幫助，可她那副清晰的頭腦，也是在同一塊生活的石頭上磨出來的。不過，她的尖刻似乎也有點用。她一句就點到痛處的話，常常叫人冒火；靜下來，那一句，又會從哪兒冒出來，在什麼地方不知不覺地幫個忙。分開了，我清楚地感覺到……莫名其妙，難道我並沒有弄清需要什麼？女人和家庭，比對付社會上的事要求更清楚，弄好很難，何況總纏着個活生生的她！

我答應給文倩一張虎。

我騎着車向另一個方向奔去。

——估線。還是估線。本來也沒有盼望什麼，但是，一股莫名的失望感越來越深，很委屈，並沒有原因的……

有個同學在扯着嗓子大叫我的名字。是在三樓，我住的那一層。我急忙跑上樓去。

他，站在走廊盡頭的宿舍門口！

我似乎又覺得，早就感覺到他會來……我慢慢地向他走去，然而從裏到外都想微笑。收不住的微笑。

他也在向我微笑……透過走廊上昏暗的燈光，他的微笑那麼溫柔，溫柔得叫人疑惑，但是又不可抗拒。

我們竟對着笑起來。

「情緒不錯呀，參加舞會去了？」

「是約會。」

「當然。」他輕輕哼了一下，「用你們的話說，今晚意境不錯。別太着急！」

「你要管嗎？」

「你當眞嗎？」

「……衣服怎麼撕了？」我發現了，忍不住馬上問。

「在哪兒？」

「肩膀上。」

「噢，不小心掛的。」

我們默默對覷。彷彿有什麼熟悉、平常而又新鮮的東西。他摘下帽子，額上一層密密的細汗。他照舊在騎快車！……一片歌聲、笑聲從樓梯那兒升上來。

「噢，我們幹嗎站着，進去吧。」

「不啦，那邊要關大門了。怎麼樣，騎上車走一段吧，我再送你回來。」

一下子全安排好了。這會兒我覺得，依順也是一種幸福。

他邊渾身上下摸車鑰匙，邊說：「差一步，今晚就得走路了，車險些被收走。」

「在哪兒？」

「大街上。又給打回來了。」

「你幹嗎要和人打架呀！」我一下嚷嚷起來。

「你幹嗎，再來教育我一遍嗎？」

我一低頭，騎上車就走了。說不出的滋味。

「嘿，你跑那麼快幹什麼，我以爲你又丟了呢！」他從後邊騎上來。

我不說話，他也不作聲了。自行車在路面上輕輕顛出的聲響，使夜在我們之間，在我們四周格外靜、格外濃。像突然而至的夢，不是手拉手地走，而是肩並肩騎車跑在大街中間。沒有興奮、甜蜜的感覺，而是一片朦朧、恍惚，是新的，又是舊的，是多少次這樣走過，又像是第一次。中間，一道發亮的路；兩邊，樹木的黑影各遮去一小半。隱約，一對對身影，在樹下，在靠街的牆邊，隔着一輛自行車，依在一段牆下，沿着便道手拉着手，都是年輕人。不回頭了，也不羨慕了，卻有種勾出往事的感動……

「怎麼樣，上我那兒去吧！」他突然說。

這個充滿誘惑的提議使我心慌意亂，車輪的轉動不覺慢下來。

「去不去？馬上要關大門了。」

「我，還有小品，還得開夜車，明天一早還有課……」我很難勸住自己。指望他給我一個有力的決定。哪怕他說：別囉嗦！

「你，現在變得這麼乖？」

「這是我的功課呀。」

「你是在帶髮修行嗎？」

「差不多。要不，過兩天我閒一點的時候……」

「那來不及了，我還有事跟你商量。」

「噢！什麼事？」我笑着叫了一聲，心裏掠過眞正的失望。

「我要出一本畫册，弄一段文字，算了算還很不少……」

我所有的念頭都是自做多情！

「我就知道！你就是在用得着我的時候才來！」

「別埋怨啦，我連自己也在使用。」

「可我不願意僅僅被使用，僅僅！」

「你要什麼呢？」

我頓了一下。我要什麼？我要他別談什麼畫册。現在！可我管不住他想這些事，說了更愚蠢。還是忍不住說了：「假如因爲我還有用，才來找我，那麼你當初不如去愛一架打字機，或者娶一個能抄會寫的老頭兒！」

「你呢，你不是在一心想着你的小品嗎！」

「不！不一樣！」

「一樣！……唉，別的女人都在爲丈夫跑……」

「別的，別的！你爲什麼不去找別的女人幹？」

「算啦，別練嘴了，有這個吵架的時間，我不如自己幹！」……

——我加快了，她沒有跟上……算了，我眞是自尋煩惱！要是不在大街上停下來，沒有這一晚上的許多不愉快，也不會被她弄得這不愉快的夜晚更糟糕。還是不停地奔吧……是她！在後面叫我。我回頭看，怎麼，她追上來了。追也沒用。我鑽進一條僻靜的小街，飛快地騎，她的聲音追趕着我……

後面突然沒聲音了。她回去了?!我騎到另一條大街上，甩不掉那條樹影濃密、昏昏暗暗的小街。

……小街中間停着一輛自行車，蹲着一團人影。是她，在吭吭哧哧地往上安車鏈。我在她身邊捏住閘，她立刻驚慌地擡起頭。

我嘆了口氣：「我來。」

她不作聲地低下頭接着擺弄。安上了前面大軸的，後面的鏈子又滑下來……

我推開她。

……

兩輛車支在再也不會有人經過的路上，一人靠在一棵樹下。

「單位已經關大門了。」

「學院的大門也關了。」

「你會翻牆嗎？」

「不會。」

她淡淡地說。並不着急，我也不操心。似乎沒有以後，也沒有以前，這個精疲力盡卻什麼也沒有發生的夜晚。只有頭頂上的無數樹葉，在風中時緊時慢、時高時低地議論個沒完。身上有些涼。我看看她。看不清，像和黑色的樹平貼在一起的一面浮雕。……還是分開好。剩下一個人，寂寞，卻會想想對方的好處……

「……在一起，爲什麼總是要鬧？」我說出後半句。

「不……不……」她一動不動。

也是一個夜晚！沒有黑夜，沒有黎明，沒有時間，我們走了又走，最後停在一棵樹下。

……她閃開了，又閃開了，隔着樹，雙手合十，輕輕笑着，在沙沙的樹葉伴和下悄聲說：

「不……不……」

「……你還記得你說的是什麼嗎？」她突然問。

是粗粗的樹幹、細細的樹枝、互相交織的葉子們向她傳遞了我的信息？還是她向我傳遞的？

「你說：『這兒是出版、文化中心，我一定要想辦法來！』你就是這個想法。」

「你當時就說：『我懷疑你別是愛上這塊地方……』你把清醒的和追求的都看成冷漠的。別太尖刻！」

「你那時說得多動聽：『我要找的，只是你……』」

「你那時說：『我起步太晚了，什麼也沒有；只要你在事業上努力，不管多難，我跟着你……』」

我們彼此慢慢走近。黑暗中，她的手指尖觸到我的臉，觸到那縷亂跑的頭髮，她把它們捋上去。手落到我的肩頭，她悄悄說：「……別在大街上和人打架了，出了事怎麼辦？我求你！」

「還在想這事？偶然的。」我握住她的手，冰冷。

「不……我有時也會莫名其妙地跟人發脾氣，過後，難受、後悔的要命……」

我摟住她。一股複雜的感觸混合着靜謐，微寒的夜流從四面襲來。疲憊、孤獨，還有說不清的悲哀使我把她抱得更緊。她變得那麼柔順、軟弱，那麼小，緊緊貼着我，一動不動。我不由輕輕拍拍她：「……你要愛惜自己，別太拼命。你是好人，我沒看錯，就是太要強了，我們才……」

「你說什麼？」

「你太要強。你想想我們發生的一切，不就是……」

「不！不！」她猛然從我懷裏掙脫了。離開了。

——「你怎麼啦？不舒服嗎？」路露在下面小聲問。

「感冒。」

「我有克感斂。」

「不啦，謝謝。」我把被子拉到頭頂上。把控制不住的抽泣藏起來……

這一天，實在太累了，卻還是睡不着。圓溜溜的明月，像是貼在玻璃窗上。樹影在天花板上輕輕地搔動。很靜，一片均勻、輕微的鼻息，更使我感到清醒的孤獨。一個人醒着，非常可怕。心裏急，卻越發不能加入那叫人嫉妒的夢鄉中……

我們的事情實在是無法挽回了！只要在一起，就要打起來。假如能慢慢說說呢？可是，爲什麼就不能說清楚？其實，我一個人，倒是能想清楚許多事情，而且能夠反省自己！

我打開夾在床頭的小燈，在筆記本上，給他寫下我所想到的東西：

……我和你面臨分手的裁決，我們真誠地彼此愛過，深切地互相恨着，可你仍然不了解我！我不是要強，不是！而是……不得已。

有些事，你是不知道的。

那時候，我們馬上就要結婚了，你一封信、一封信接連來，催我去，連坐哪趟車都安排好了，特意找了乘務員。我明明知道，為了你，我只有放棄自己最後一次報考普通大學的機會。可我還是捨不住，和廠裏幾個拼着命要考大學的朋友一起，跑到師範大學去聽高考複習輔導講座。我們都沒有入場證，趁人不注意，請裏邊的人打開窗子跳進去。我弄不清我到底要幹什麼。想和你在一起的欲念時常衝擊着我，沒有什麼負擔的做姑娘的生活，變得叫人無法忍耐，我有時恨不得睡上長長的一覺，直到見到你！同時，不論在大街上，在汽車站，在廠裏，一瞧見夾着書本，認真地探討着一道題或一項物理定律的同輩人，我又感到吸引和慚愧。難道一直沒有斬斷的願望和並沒有停止的努力，就這樣放棄了?!

可是，當我真的擠在那塞滿了年輕人的大階梯教室裏，看到那一排排黑壓壓的頭，那些坐在過道上、坐在窗臺上，仰着頭的人坐在老師脚邊、坐在黑板底下披着粉筆末的，我那個由於無法實現而一直朦朦朧朧的願望的紗幕，突然被挑開了。我直接面對挑戰，哪怕我是這樣一個普普通通的人。我在筆記本上記着大洋洲的地理特點，古希臘的興衰史……然而內心深處，却對鋪天蓋地而來的、新時代的競爭之風，產生了畏懼。十幾年間，不論我暗懷着怎樣的渴望，我還是不知不覺染上了普遍存在的生存軟弱症。就是這樣，儘管我們對政治、對社會的認識和應付能力上與其他方面不協調地畸形發展着，但作為一個活在羣體中的人，最好的自衛狀態就是默默地吃、睡、做，甚至什麼也不做！

我去結婚了，坐着你安排好的那趟車。沒有任何表面的更動。心裏，在那小小的一覺之後，我多了一個明確的想法。我怕我走不了多遠，我想依靠你，緊緊地依靠你，我感覺到你比我有自信心和能力，的確也是這樣。……所有產生過的念頭都是真實的，但是，如果能真正地面對自己，應該說，不是為了你才放棄我的追求，而是我自己退下來了。我的退路就是靠你。

其實，你每次對我所做的說服，我都已經用自己的體察驗證了。我的確願意服從你。為了你一個小小的滿足，我何嘗沒有一個女人全部的細膩。但是，有一種煩躁又在暗暗地潛着。我從來也不敢告訴你，即使在得到了溫存和撫愛的滿足之後，緊接着，會有股無着落的惶恐感襲來……

也許，這是從小灌輸的理想教育，青春時期的奮鬥本能，與硬要人半死不活地呆着的整個狀況，長期形成的一種變態心理。實實在在、瑣碎忙亂地生活着，心裏總殘留着一點沒有實現、也許永遠再沒有機會實現的東西，在最隱秘的角落裏，與現在的自我徒然抗爭，攪得人在充實、填滿的生活中有時感到若有所失。

……我又怎麼可能僅僅靠着你的力量、意志？我就是不考這個學院，我也同樣面臨生活的各種競爭：加工資、提級、分房子，人與人，想幹一個合適點兒的工作，也要靠文憑。你無法代替我去爭，卽使我和你是一個小小整體的各自一半。我們每個人面臨的，也各是一個整個的世界。也許，這個世界對於男人來說，沒有多大變化，對於女人來說，却極大的改變了……

我不得不走出來。旣然走了，就得走下去。很少有人們所說的「自豪」，更多地感到孤獨，更希望得到你的保護。想要緊緊依靠你，在精神上依靠你的感覺不是少，奇怪，是更深了……。

我寫好了一個信封，打算把這幾頁紙從本子上撕下來的時候，卻想到：他要忙他的，幹他的，他是不會、也沒有工夫來理解這些的。

我的信心又消失了。

我把那筆記本合起來，連同信封塞到枕頭下面。

7

微明。天涼，水也涼。

一盆水澆下來，猛一陣涼颼颼的新鮮刺激，周身的肌肉都微微收縮。我打了個愉快的寒顫。

這是一天裏最好的時刻。暗藍色的夜和暗藍色的黎明在交替，沉睡與甦醒在融合。房屋、樹木、大地還在柔和的昏暗中，一切靜悄悄。周圍沒有任何人走動。生存的希望剛剛醒來，而混雜的各種欲念還沒有喚起。所有的不快都離得遙遠、遙遠……

我用毛巾使勁擦着身子。擦到渾身發紅、發熱。我突然很想長長地大喊一陣。周圍太靜了，不忍心打破。我深深吸了口氣，伸展了一下全身，迅速穿上衣服。這種好日子還能保持兩個月，到最寒冷的時候，正好去西雙版納野外寫生。畫稿的景再弄得好些。不要繁瑣。氣氛。對，重要的是點出氣氛。明年第二季度發稿……安排得當！……這中間還能再插進點什麼？再爭取出一本畫册？……

我一個欲望醒了。清醒得太快了點！

我抓起昨晚在食堂買的饅頭，拋了一下。硬得像個球！還啃得動，加一壺水就行。抓張速寫紙包上饅頭，塞進口袋裏。口袋咧了一半，晚上縫。昨天、前天早上也想來着……。鬍子，算了。又不是去和誰接吻。……女人，第三個欲念……遺憾的排列！生存、繁衍，本該是人正常的本能。睜開眼最先想到的卻是該去奔什麼！

我已經又騎在車上，帶着速寫本，被第一個欲望驅趕着，去動物園寫生。

城市，在生存活動的環形跑道上，開始新的一圈賽跑。最先起跑的，也許屬第一批趕公共汽車，從這頭跑到那頭去上班的人們。沒有警察和紅綠燈，沒有清潔工和灑水車，他們已開始奔波。男人、女人都面帶倦容，使人們看起來彼此相像。連售票員也不例外，不報站，不收票，不下車，依在窗口，瞇着眼，一動不動。然而，汽車在路上跑。

偶爾有練長跑的傢伙跟着車跑一陣。紅衣綠褲給清淡的早上調色。老太太們也來湊熱鬧，顛着小腳慢慢跑，手裏拎着粉色或是黃色的兒童小籃，盛着白色的牛奶瓶。

大清早，簡直像是老年人的天下。北海門口，展覽館前邊的廣場，成羣結隊的老頭兒、老太太，在練健身太極拳。動作一致，緩慢、莊嚴。唯有他們與世無爭，不需要奔什麼，卻活得最一絲不苟。

用鵝卵石拼成圖案的路掃得乾乾淨淨。我直奔最深處的獅虎山。人們爲什麼想不起現在這會兒到動物園來逛逛呢？

……這兒，那兒，一片鳥鳴交織成美麗的晨曲，能夠依稀分辨……黃鶯、黑頭翁、八哥、椋鳥、畫眉以及水禽館的湖面上嘰嘰呱呱的鵝們、鴨們和高貴的仙鶴……有點過份堆砌的人造自然音響，但仍然禁不住使人興致勃勃。綠樹、陽光有了更多的色彩、活力，跳躍的旋律。

獅虎山安安靜靜，用水泥抹起來的假山像動畫片裏的繪景。

每天走到這裏，總不免想起吉卜林在他的名著《叢林談》中一段描寫：「……虎魔王像個幽靈似地在叢林中悄悄穿行，卻被目光敏銳的孔雀發現了。它飛向高處，『咯、咯』地發出一陣響亮警告聲，馬上引起樹叢上羣猴的警覺。猢猻們紛紛爬上樹梢，大猴亂啼，小猴驚叫，亂成一團。樹底下各種鹿和羚羊也得到警報，撅起尾巴逃命。看來，林中大小禽獸早已形成一條統一的防線，目標一致對付虎魔王。大家既怕它，恨它，又莫奈何它，只好互相通氣，一見它來，就相携逃命……」

而在這裏，動物們劃地爲牢，各自安於其位，生物鏈被一道道鐵欄割斷。鳥們、小動物們沒有了生存的威脅。這環境對於虎，也實在太好了！

虎就這麼懶洋洋地踱來踱去。大清早起就是這副模樣。寬暢、清潔的整個虎舍和參觀廳裏，虎的氣味混着淡淡的來蘇爾味兒。剛打掃過。飼養工人往籠子裏扔進一塊塊新鮮的牛肉。虎慢慢地踱過來。一切都按需分配好了，有什麼好急的。

虎的天性，在這裏眞消磨得差不多了。也難怪，它們捕來的時候，都還太小，大部分馴養得跟貓差不多可愛。它們鋒利的撲食爪，尖銳的犬齒，鋼鞭似的尾巴派不上什麼用場。我又開始寫生，但不得不保持着必要的感覺距離。這些虎野性已衰，身上的線條、肌肉都不是最好的自然狀態。那一副副強勁的腳步邁着柔軟的步容，在一個個小小的圈中盤旋……很少聽到虎嘯，叫聲總像無可奈何地嘆息。再加上狹窄的牢籠，一道道密集的鐵欄，形成不協調的氣氛，一切的一切都大爲減色，虎的威嚴感更難領略。

我不願意把虎畫成惹人喜愛的貓，或者僅是一張嚇人的虎皮。但是，古往今來，中國畫虎的人那麼多，有幾人能見到大自然中絲毫沒有泯滅、抑制天性的虎呢！除了有運氣、還有膽量的武松。

我畫着。什麼地方，有虎低沉、不安地吼叫聲。

在吼叫的虎！我順着一個個籠子尋找。在最邊上的籠子裏，剛才還是空的，現在放進了一隻虎。它正從虎籠的一角跑到另一角，我走過去，它奔過來，用呲起四枚犬牙的示威迎接我。

像是一隻孟加拉虎！我來勁兒了。來了好幾次，怎麼從來沒見它？也許剛從南方運到？我到處瞧瞧，想找個工作人員打聽，偏偏這會兒一個人也沒有。

我跳過粗大的鐵欄杆，靠近鐵籠。嘴裏一面發出「嘸嘸」的鼻音，以它能聽懂的語音表示我的友好，一面仔細地觀察它的斑紋、毛色。我特別想看清楚它的尾巴。

它焦躁地在小小的虎舍裏來回顛跑，幾步就碰到牆壁，又猛然翻身掀回來，鮮艷的斑紋、皮毛下滾動着的有力肌腱在我臉前一晃、一閃，它噴出的氣和掀起的風，挑起一種迫近時才能體會的恐懼的興奮。這隻虎似乎比旁邊籠子裏東北虎的毛色要深，比那邊的華南虎淺，毛又短又亮，斑紋細長而清晰，很像！我再湊近，緊扒着虎舍籠前齊腰高的水泥臺。當它回身一甩時，我看清了，是有一條孟加拉虎特有的、明顯的細尾巴！

突然，虎吼着猛地撲來，巨大的頭顱、閃着冷光的眼、多皺、潮濕的虎鼻、血紅的口、尖厲的牙一齊壓下來！就要面對面貼上了，它的唾沫已經噴到我的手上、臉上，密密的鐵絲網把它彈回去。

我大大地受了一驚。又被工作人員指着「不准翻越欄杆」的牌子，狠狠斥責了一頓。恐怖沉下去了，掃興淡淡拂過，我又勁頭十足。站在這隻孟加拉虎跟前，我迅速畫下一張又一張寫生。直到耳邊傳來「咂咂」的感嘆。

幾個外地打扮，背一式的人造革黑提包的人，發出的聲音。不知是喜還是怕。大廳裏沸沸的人聲幾乎淹沒了虎的動靜。遊人很多了。

我合上速寫本。

六層臺階，兩步。三層樓，一氣跑上去。剛踏上出版社三樓的走廊，我就瞧見了吳大平。我衝他揮揮速寫本，他也在跟我招手。並且，拉着我進了間辦公室。沒別人。

我攤開這一早上得意的收獲。他一言不發地點着頭看了看，「啪」的一聲合起來，推到一邊，坐在別人的辦公桌上。還是那副沒精打采的面容，卻突然射出要命的一槍。

「我正要找你。這幾天一直在開出版會議。研究了又研究，現在紙張困難，準備壓縮明年的出版計劃。」

「我的呢？」條件反射。我本能地收緊了。

「也許，在壓縮之列。」

「你他媽的明確點！『也許』還是『已經』?!」

「大概吧……」

「大概！爲什麼?」

「別火。名人畫册都出不完，動誰？」

「那麼，徐飛那小子的呢？」

「好像還有。」

「好像，好像！爲什麼？」

「爲什麼？我也問你：爲什麼！」

「……楚風之呢？他什麼態度？」

「他不管那麼具體。假如他表了態說不成，那就更沒希望了。你別急，沉住氣，千萬別到處跑，再去找什麼人。咱們再想想看……」

想想！我可不打算遵照老實巴拉的大平的主意，準備坐着呆想的，我直奔主編辦公室。犯規也不管了。楚風之還在惦着我那張最好的虎，現在……球一腳踢在門框上。門鎖着。

我一氣跑下三層樓。兩步，六層臺階。

只有乾脆就勢發個邊線球，直接插入。

我騎車奔回小屋，找出那張心愛的虎。心急，手裏慢慢沾墨題款。不舒服，恭恭敬敬地寫着「指教」。

門上輕輕彈了一下。我隨口說着：「進來。」一晃，進來的是楚雲雲。糟糕！

「順路來看看你的窩，還有我的貓。」

「你父親呢？在家嗎？」我正把沾了朱泥的圖章端端正正地按在畫上。

「你的眼裏只有畫和老頭兒。」

她語氣裏好像有點不尋常的東西。把圖章扔到一邊，我瞧她一眼。還那個勁兒！穿着件墨綠底子銀花的尼龍緊身衫，像一條美麗而無害的小蛇，吃飽了，沒什麼定向地游來蕩去。她貼到窗邊的牆壁那兒去了，探着頭，隨意地看看外邊的天，又漫不經心地回頭瞟了一眼，「忽」地晃到牆角的書架那兒，趴在一件虎的石膏雕塑跟前，似看非看地瞇着眼。

「哪兒買的？」

「我自己塑的。」

「在哪兒塑的？」

「這裏。」

題款的墨迹和章還沒乾透，我邊等，邊收拾出門的小零碎，煙、門鑰匙、墨鏡……她會不會自己覺悟呢？

「那，石膏是怎麼翻的呢？嗯？」她突然又問。

又黏上了！沒邊沒沿的閑扯，從沒邊沒沿的地方重新開始。閑在，也會對別人的生存形成一種妨礙！她什麼時候能明白呢？眼下，我只希望能使她自己提出告辭。

「你是不是又沒上班，去哪兒鬼混來着？什麼地方有意思？」

「去你的！誰鬼混呢，我病假。那個班也沒勁透了。乾坐着耗時間，那些報告淨是廢話。」她坐在床上，兩條腿在床邊晃着，一副自在樣，大有要在這裏紮下來的意思。

「那麼，你是剛從家裏出來？」我手上轉着車鑰匙。

「是啊。」

「你父親在嗎？」

「在啊，幹嘛？」她伸直了腰，有起來的動勢。

「我有事見他。」他媽的，生生像招供。

她軟軟地斜依在床欄上，呵呵笑了。

「我眞猜不透，你是怎麼回事？一天到晚奔來奔去，沒個閑的時候，你怎麼就不嫌煩呢？你找我爸爸幹什麼，我知道！不就是爲了那麼一個畫册嗎？對不對？一天到晚提着心，一會兒也不放鬆，出了又有多大用！書店裏一排排的畫册，賣得完嗎？不就那麼回事。」

我眞想一腳把她踢出去。聽她教訓！

「你値當嗎？」她還咯咯地笑。

「你是不是拜過雍和宮的快樂佛啦？」

「什麼？」她笑着問。

沒聽懂？沒聽見？算啦。再也不能泡下去了，我動手收那張虎，她走到桌子旁邊，不知爲什麼，在我跟前一聲不響地站了一下，又自說自話起來：

「噢，又是給我父親的。老頭兒眞要樂暈了。他這兩天手氣不錯，昨天得了一張好的，今天又是一張。你答應給我的畫呢……」

「昨天，誰呀？」我隨口問。

「徐飛呀。」

「徐飛?!」她又要回到床邊去坐着，我一把抓住她。

「幹嘛！一聽見他你受不了啦？那傢伙頂不是東西了。你……哎喲！手好痛，你放開我嘛！」

「他送張什麼畫？」

「他爹的畫唄。你放手！」

我甩開她。她的手腕上添了幾道明顯的紅印子。她托着手，看也不看一下，她不走，甚至動也不動。只是瞧着我。

「難道，我在你眼裏就那麼賤嗎?!」她沒有喊，沒有慣常的嬌滴滴的味道，完全不像是她的聲音，出奇的低沉，好像是一聲長長的呻吟。

我突然被她的聲音打動了。

「唉，我沒辦法！我沒法兒不來你這兒，又沒法兒讓你喜歡我，我全明白。那些圍着我轉，跟我玩的傢伙，我覺得他們沒意思透了，我看不起他們。可是你看不起我。我不賤，也不壞啊……」

「你不壞。我知道。」

「最後還是這麼笨，我自己招了。可是一點用也沒有，是嗎？……我明白，是嗎？」

我很感動。眼下，我卻無法顧及她的精神平復，我的一大半神經在緊張地判斷我的畫册問題，該怎麼辦?!我順着她說：

「是。是。」

她的臉突然漲紅，得不到響應的哀怨變成憤怒。她轉身就走，衣袖一帶，把那張虎拂到地上。她低頭看了看，沒撿。還往外走。

我那一息歉意，由於她眼神、動作流露的些微傲慢和怨氣，一下子變成了莫名的激憤。

「撿起來!!」

她的身子一下在門框那兒挺得筆直，像是被釘上了。她轉回來，一彎腰，拾起畫來，往桌上一扔。出去的時候，使勁一摔門。

門又彈開了。我狠狠踹了一腳。門死死關閉。

我走到桌前，拿起那張虎，撕碎了。

厭煩！厭煩！

總是在這種半明不暗，不軟不硬的招數裏糾纏。我的。別人的。厭煩！對別人，對我自己。我想要有個公開搏鬥的地方，正常競爭的空間，我有的是力氣！我不怕流汗，流血，我能夠舔舔傷口接着再幹。只要讓我拼！可是，我花在琢磨怎麼對付人，對付各種事上的勁，比在藝術上艱苦的摸索還要多得多。……又是牆壁。又是牆壁。這小屋子悶透了！開頭沒站個好位置，出手就不利。卽使爭到手裏一點什麼玩意，承認我的畫的價値，給我發展的天地……又有什麼意思?!我揮着手把床上的畫趕到一邊。這個該死的楚雲雲，不學無術，倒說得出來道理！沒意思……厭煩，厭煩，厭煩也是無聊透頂的。門，已經被堵住了。剩下自己在人看不見的小屋裏躺着跟自己煩？

就他媽這麼認了？

一隻潛藏在枯黃的茅草中的，斑爛的孟加拉虎正面緊緊盯着我，牆上一張彩色照片。我緊緊盯着那個虎頭，那對凶光閃閃的虎眼，突然記起我讀到過的，英國獵虎家布蘭德爾的獵虎經驗。當虎向人撲來的關鍵時刻，如果獵虎人因爲害怕而返身逃跑，虎會立刻追上來，將人撲倒。假如那個人堅持對抗，寸步不讓，虎在追到跟前時，必定突然止步，躊躇一下，然後再決定是否撲過來。恰恰由於虎的這個習性，挽救了不少狩獵者，包括布蘭德爾自己的生命。如果不是有那兩、三秒鐘的躊躇，就無法打出最有決定性意義的一槍……

……生活的突變，厄運衝來時並沒有膽怯、躊躇的瞬間，它不管不顧，毫無靈性！但是，任何突然而至的打擊要吞沒人，卻還有一個時間的跨度，常常並不在僅僅一瞬、幾秒鐘。對！在那些充滿了公事公辦的，不講實效的事情中，更有的是沒完沒了的拖延、扯皮，會議，協商。……假如玩君子風度，跟它一樣地坐着等待結果，快到手的也可能失去。而緊緊抓住不放，還有可能找到轉機！……只能這樣！與其等着被宣判、被吞噬，不如動作。為了已經付出的，就只有、就必須再付出。直到最後一步。

我又騎上車，奔出去。……

大平正在給撒嬌的小女兒餵飯，講着童話，送進去一口飯。插空，跟我說：「我跟編務組長商量了，出版計劃是從明年第二季度開始壓縮，本來可以考慮把你的畫冊提到第一季度，你別高興，跟我們出版社掛鈎的印刷廠都排得滿滿的，根本插不進去。所以是眞沒辦法。你沉住氣，再等等看，也許過一陣子又變了……」

「那麼，要是我現在自己找到印刷廠呢？」

「哎呀，你可別再到處跑啦，弄不好全砸了。我眞的告訴你這句話，你千萬得小心啦。」

「小心。要走人行橫道，左右看車對吧？坐着，能當聖人，對吧？」

「你呀！……讓我們再想想，商量、商量，看看還有什麼別的法子……」

大平想他的辦法，我去跑我的路。印刷廠！歸各種地方管的，散在各個地方的。一連幾天，我都在跑印刷廠。有的印刷質量太差，有的是機關或者學院內部的，活也安排得極滿，但是倒挺願意接受外加工的活，因爲能賺錢。我又跑去找吳大平，問他能不能把出畫册的這筆印刷費撥出來，自己拿出去幹。

「不行！不行！」他連聽都不要聽。

「怎麼不行？」

「沒這個規定，也沒這麼幹的！」

頭一次，他的意志像一堵結實的牆。一句話，一個熟識的他，好像再也無法穿越。

「我眞拿你沒辦法。」他卻說。

我們坐在兩張拼起來的辦公桌兩邊，互相盯着。現在首先要戰勝，是我的老同學大平。

終於他開口了：「可以問問那個廠……」

「哪個？」

「印外文書報的。正給我們出版社印年曆。也有合同。明年第一季度空不空，打個電話問問看……」

「我去一趟！」

事情敲定了。我抓過大平辦公桌上的剩茶喝了個淨光。他扔過一根煙，自己點着，卻一個勁瞧我。

「喂，你累不累？」

「累什麼，我馬上要去西雙版納。」

「唉，我要是有你這麼股勁兒，也許也能成，不過，……這次長工資有你嗎？」

「沒有。」

「你要注意點。」

「什麼？」

「我聽到些閑話唄。……別忘了，咱們都是在相互制約中活着，動一動很難。我過去總奇怪，你怎麼就辦得成。可像你這樣辦，夠難的！就這些成功的機會，多少人盯着，自己動不了，也不希望你折騰。有人巴不得你叫人抓住點什麼，把你揪下來。跟騎自行車似的，走小巷帶人沒事兒，可要在大街上抓住個過停車線，搶紅燈什麼的，就夠罰款、扣車的。要想硬闖過去，前邊還有交通亭等着……你們幹嘛要離婚呢？湊合着吧。我敢說百分之九十的家庭都在湊合。別人會拿這種事大作文章的……」

「別說了，大平！我知道了。就是躺着，也會有人找麻煩，佔塊地方。哼，只要不危及我在做的事，我聽了，也記不住。」

我收拾行裝。心煩。煩得要命，但還過得去。有人叫我接電話。……還會有什麼新的變化？或者更糟的消息……幾步路，我把可能出現的，都迅速盤算了一遍。

「我……」

「誰？」

是她！偏偏這個時候，我想她大概把我甩到腦後去了。說實在話，我也忙得幾乎不去想到她了。

「有什麼事？」

聽筒裏除了一片微微的電訊交流聲，沒別的動靜。

「快說呀，我還有急事。」

「我也是有事。有些事，我想和你談談。」

「談談？」我不由嘆了口氣。現在，是坐下來談什麼的時候嗎？不論和誰。「……對不起，我馬上要出發去西雙版納，一小時後的火車。」

「什麼?!爲什麼這麼急？」

爲什麼？有必要給她講那段複雜的路線圖嗎！她有工夫關心我這些事嗎！

「出畫册的事提前了。」我簡單地說。

「那，我，你要我幫你做些什麼嗎？」

「……你！你不是不幹嗎？」

「你說吧！」

輪到我沉默了。偏偏這個時候，她！不論怎麼說，到了最後，她還是她……

「說話呀！我到車站上去找你！」

8

我放下電話。亞光瞅着我。表情太嚴厲了，摻着悲感，顯得有些古怪。

會議室樓下有兩個人在打羽毛球。白晃晃的小球高高地飛着，突然一陣風從橫裏吹來，小球一閃，向旁邊偏斜，對面的人緊跑，沒接住……

事情怎麼總是陰差陽錯地攪着？只差一步，多走一步，就面目全非。亞光偏偏成了那個搬道岔的人，又把兩條相錯的鐵軌接在一起。眞不應該是他……

在汽車站，我遇上亞光。他大聲叫我，我也一下子過分與高采烈地喊了他。盡管對他一向的關切，我不做任何回報的表示，但就是非常願意遇上他。

「你的臉色不大好，怎麼啦？」他的第一句話就說得很眞摯，叫人有點受不了。我擡手在臉頰上輕鬆地拍了一下：「是嗎？爲小品熬的吧，瞧，你的臉色也不大好！寫東西來着？」

他哼了一下，沒回答。我明白了，他大概也在爲什麼事傷神。這會兒，我不想探究，不想關心他。我只是非常想興致勃勃、沒完沒了地說話，非常想。而且，只有跟他在一起，我才會有這樣的興致。很怪。他又去開個什麼座談會，我下午是自習，就跟他一道走。

落葉鋪滿便道，踩着，乾燥鬆軟，沙沙作響。我笑嘻嘻地說着，爲了拂去掛在他臉上的沉悶，談起他自己很得意的一篇愛情小說，告訴他我也很喜歡。

「……是嗎？」

「而且，我聽說，編輯部收到不少讀者來信。眞的嗎？」

「你知道嗎？都是女的。」他笑了，還有點神氣：「向我敍述家庭生活中的不幸和苦惱，讓我幫她們分析……」

我不由得哈哈大笑：「……我可要向同胞們揭開變戲法的底啦。別被會寫小說的男人迷惑！他們的言詞常常超過感覺。」

「你呀你，應該去加入女權運動協會！……咳，女人有女人的苦惱，男人有男人的不幸。」

「說得好！」我肚裏不由喝了個彩。

只是從他嘴裏說出來，有點可惜。又是言詞大於感覺。亞光其實算個幸運兒。在創作上一帆風順，在感情方面也有不少得意的回憶。太頻繁的得意就是他的不幸！我想，也許，如今他決定找一個單純的小姑娘，以沖淡生活磨難的陰影，並不是個好主意。那姑娘很好，就是太單薄，「拴」不住他，也許，他就是這麼種氣質。常常要被一些小小的偶遇，弄得熱情澎湃，不由自主。每次都是眞情實意，然後又失望、淡漠了。這是很累人的。他從來不瞞我，我也能理解他。沒準兒，就是他這種對我毫無保留，我也總是平靜、親切地待他，使我們總只能是好朋友……他現在的不幸，一定又是在他的「小朋友」身上。我畢竟結過婚，在感覺上，和亞光有了微妙的距離，不知他是否知道。我卻老是寧願用「過來人」不那麼含蓄的口氣，出個實用的主意，只要使他過得快活些。

「亞光，你呀，可別像個蟬，只會唱愛情歌曲，不會行動。你要『管得住』才行！」

「是嗎？……你說，你們女人到底要什麼？」

「應該問你，寫出最精彩的女人的，都是男人。這是誰說的來着？你？我？還是一個名人？……不過，女人只是一個抽象的總體概念。人和人不同，各有各的要求。虛榮心，情欲的滿足，精神上的對話，依靠，非跟個誰綁在一塊兒，省得跟別人不一樣。或者，被盲目的母愛的本性驅趕着，去爲一個根本不值得愛的傢伙獻身……」我一邊在落葉的空隙中插腳，有點跳跳蹦蹦，一邊信口說着。

「說得不錯。但我總感到奇怪的是，女人們對一些誠心誠意的男人，往往輕視，對那些惡漢，不講情份的傢伙倒很痴情，這是爲什麼？」

我沒回答。我知道他並不要我回答。而是在警告我。也許他本來就是想教導我，我倒那麼神氣！……但是，我心裏還是很感動。沒有什麼地方規定，一個人必須對另一個人關心到底，就是寫着也沒用，可他始終是這樣……

「你們，究竟發生了什麼事兒？」他第一次問。

他的話問得很柔和，他的臉很柔和，目光也很柔和。柔和得似乎不論向他傾吐多少，他都能吸收、溶解。我這才明白，我不停地說話，不斷地笑，不過是要找個方式排泄出去鬱悶。我以爲我不需要安慰，其實，只要有一點點這種以誠相待的安慰，我就承受不了……冷靜、自守、自救，原來是那麼容易鬆動。我很想和他細細地、慢慢地說說，不是訴苦，而是跟他說說，理理清楚，我的事情爲什麼弄成這樣？……就在我要張嘴的時候，突然，我在他柔和的目光裏，發現了一絲感興趣的影子！所有想說話的欲望又統統消失得精光。

我眞不該這麼明白！

把人們的痛苦作爲創作的素材，一個無可非議的職業興趣！跟親近的人說說，就是不探討，不讓對方插一句話，也能夠轉移情緒，得到解脫。可惜，我不是個看什麼都咂嘴、都抹淚的老太太，我過於了解「編劇法」！創作的天地又寬又窄，每一個人都睜大眼睛盯着，一句話是一個主題，一個細節，可以擴展成一篇小說。很多人都在把自己看到、聽到、編的、感覺到的東西急急忙忙地寫出來……我弄不清，亞光是對我所想的感興趣，還是覺得我的「故事」有意思……。

……我也許太敏感了。但是，要緊的是，我自己對已經發生和進行的事是不是弄清楚了……

數不清的落葉從腳下踩過，每片不一樣，又彷彿大同小異。我們兩人同路，一下比一個人還靜默。怪我。……這也是個奇怪的現象，跟亞光在一起，我們能平靜地討論一切，或者聰明地迴避什麼，總之是理智、適度，不傷和氣。而我和他，本該是最親近、最能諒解的，後來，包括開始，卻常常是不理智的，不願意過多解釋……

「喂，你和『小朋友』又出什麼事了？」我打斷不愉快的聯想，轉過來直接了當地問亞光。

「永遠沒什麼事，可每次都鬧成帶眼淚的悲劇結局。」

「這次是爲什麼？你檢查一下自己在策略上、行動方式上的過失，或者什麼地方關心不到了，總能得出點經驗吧？」

「小得無聊。別生氣，爲你。」

「我？」

「沒什麼。我去看你，她不高興。我跟她說到你，說你現在很孤單，我們應該……算了。」

「眞對不起！」我哭笑不得地站住了。一個戴着離婚帽子的女人，可以成爲一千種矛盾的禍根。我實在不願成爲這樣！可就是旣妨礙着別人，也妨礙着自己。

「她吃醋，說明她很愛你呀！」我打起精神說。

「但是老這樣，怎麼叫人受得了！」

「男人就這樣，不吃醋的女人不可愛，吃起醋來又受不了。你們呀！」我走下去，輕鬆地說着，心裏覺得很疲憊。

「你好像不吃醋。不……當然，你的情況不同。」不知爲什麼，他突然沉默了。他在說什麼意思？……「她總是這樣，」他突然又說起話來，痛苦剪接痛苦。我的和他的。

「……她常常是，一開始撅着咀不吱聲，然後爲一點破事跟我拼命爭，然後就莫名其妙地哭了。然後就一個人在前面不停地走。我想，索性叫她走一走好了。可天那麼黑，又怕她出事，只好在後面跟着。半夜，從東單走到了使館區……」

得了好多女人來信的大作家！

我不由苦笑。我們倆，一個可以寫愛情，一個在準備導演愛情，在實着着的愛情上，倒是一對笨蛋！不過，怎麼的，他的「小朋友」什麼地方像我！我也幹過這類事……。

「唉，全是無緣無故的……」

無緣無故？我心想，你畢竟不懂女人，亞光，好多原因都是說不出來的。但一定有。我突然回想起我和他的一件有點相似的往事。我想得很專心。在這件被忽略和遺忘的小小衝突裏，似乎也含着我們從開始就潛着要分離的某種東西……

「我想，你不會這樣。」亞光還在說。

「都一樣。」

「別客氣。」

「實實在在。」——我們新婚時，第一次鬧彆扭的原因，小極了。……只能跟自己說。我只是想叫他親我一下。就爲了這個念頭。

他爲了畫一個小說插圖的事兒，脫不開身。我去了。站在火車車廂門口，我望見他從站臺那頭慌張地撲過來。好像這兒不是終點，好像我會跟着火車又跑下去。他猛地站住，隔着許許多多移動的人衝着我微笑。我也笑。那時候，我就眞想一下越過那麼多的人……。汽車很擠，人挨着人，我對着他，很近。我也只有一個念頭……

總算到了新的家。他的父母、親戚都來問長問短。好長啊！長得我都受不了了。我笑着說話，用眼瞟他。他有時在朝我笑，有時，在桌上畫幾筆什麼。人都走了。我記得清清楚楚，我坐在門後一把藤椅上，降臨的幸福感使我軟弱，使我不想說話，我不出聲地瞧着他，等着他。他又去畫什麼呢！我有點委屈。難道，要我自己對他說：親親我呀！

「你怎麼啦？不舒服？暈車？有什麼不習慣？怎麼不高興呢？」他終於走過來，低頭問。

「當然不高興！」我心想。他的關切反而擴張了我那小小的委屈。我握住他撐在藤椅扶手上的一雙手，他彎下腰……

就在這時候，他的一個什麼熟人，帶着聲音進場。因此，那人沒有看見門後將要發生的。也就沒有發生。

他們只說了一句話，他馬上就走了，夾着那疊畫稿。一走就是一天。晚飯的時候還沒有回來。他父親叫我一起吃飯。這是第一天啊！我說一點兒也不餓。他家裏人陪着我說話，聊家常，說他常這樣，忙，不回來吃晚飯。我笑笑，心裏很不是滋味兒。我想起了我離開的家！我們總是一塊兒吃晚飯。媽媽下班最晚，不過到家很準時，七點三十五分。我七點二十五分開始炒菜。弟弟到涼臺上去瞧着，一看到媽媽的身影，就大叫一聲，飛快跑下樓去，幫她拿手提包。天天如此。除非我忙起來不回家。但爸爸、媽媽、弟弟，他們還是一塊兒吃晚飯。……太習慣了，習慣的我以爲什麼也沒有。我就這樣離開了自己的父母，一切平常的都變得那麼溫暖、親切……我很想掉淚。當着他的母親，又忍住了。

十一點，他重而迅速的腳步聲從院門哪兒傳來。進了房門，說了句什麼，就趴在桌上，攤開畫稿繼續畫。他母親過來，告訴他我在等他，還沒吃飯。他頭也不擡地說：「何必呢！快去吃吧！重要的不是形式。快去！我吃過啦。」

我什麼話也說不出來，還是坐在門後那把藤椅裏。看着他的後背，眼淚流下來。我委屈的要命。

他回頭倒水，嚇了一跳。「你怎麼啦？怎麼啦？你說話呀！說呀！」

他那麼急，那麼躁，我能說什麼？他本來就該什麼都知道。「別這樣。」他口氣軟了，可回頭看看畫稿，又去添幾筆。

「你哪怕哄哄我也好啊！你根本不愛我。」我哭着想。哭出了聲。他扔開筆。我們吵什麼來着？……怎麼也記不得。反正是喊了一陣，嘴裏吵的，跟心裏想的，是兩回事。後來兩個人都不出聲了，怕讓父母聽見。

他背對着我畫。我坐在藤椅裏哭。我沒走，只是因爲沒地方走。這個城市我還很陌生。好久，我閉上眼睛……

「走吧，」他搖醒我：「吃晚飯去！」

……晚飯？半夜的寒氣都滲進屋裏來了。

難道，第一天的生活就這樣開始，這樣結束？我怕這樣過下去。熱着飯，找話問他：

「小說插圖弄好了？」

「哼，又差點完蛋！」

「怎麼?!」

「已經定了，出版社兩個美工又想搶過去自己幹。憋了十幾年，誰都想發表。重新談判了半天，叫上作者，看我畫了一大半的稿子，又敲定了。現在沒問題了。我全畫完啦！那兩個傢伙再扯皮也晚了。」他用手抓了一塊肉吃下去說。

……所有的委屈和埋怨都成了歉意。我給他盛了滿滿一大碗飯，他吃得那麼香、那麼急，我不由地說：「慢點！好像沒吃晚飯似地。」

「我哪兒吃過晚飯呀！」

瞧着他那狼吞虎咽的樣兒，我的淚又湧出來。一顆飯粒沾到了他鼻子上。挺滑稽。「噗哧」一聲，我卻笑出來。淚掛在腮邊，飯噴到桌上。

他瞅着我的怪模樣，也笑了。

隔着飯桌，他親了我。

「這樣多好。別莫名其妙地哭。都是生存競爭。自然界是這樣，人和人也是這樣。我們要合作，不要互相分散精力。」他第一次對我說這樣的話。

我點點頭。很明白。可心裏又想：合作。多冷酷呀！男人和男人之間，女人和女人之間，也可以合作，我要你愛我！……

後來，我走了。出版社那幾個人，還是用了軟着拖延出書期的手段，把那麼幾幅插圖的活搶過去了。

……

唉，我那會兒眞愛哭。我在那兒任性地坐着，我跟他吵些毫不相干的話，我要什麼呢？說到底，無非是要得到一點點愛撫的表示，要一點小零碎罷了。而且，很久，我從道理上明白了，還是不由自主地要求那些愛的保證。僅僅是保證。其實什麼用也沒有。

「你以爲我一天到晚守着你，圍着你轉，才是愛你嗎？你什麼都懂，可還是不懂事！」有一次鬧完了，他嘆了口氣對我說。

我懂他的意思。可是，就是一天到晚不守着我，不管我，就是愛我嗎？後來，我好像沒有時間再對他說我想到的。走上社會的時間太早、太小，我覺得我已走過很長的路了。有時感到很疲勞，覺得「老」了。我遇到了他。在充滿不安地盼望、等待中，又覺得什麼也不懂，一切都是神秘的，生活才剛剛開始。我把全部身心都靠在他那兒。我只想從他那兒得到精神上、情感上的安慰。本來是一個人，沒有什麼想要跟誰撒嬌，讓誰了解我的全部的願望。突然，這願望就變成了一個深深的湖。我覺得他應該對我的每一點念頭做出回應。得不到，那因爲他的存在而生的願望就成了原來或許倒不會有的，極大的懊惱。

我們不能夠靜靜地對面坐着，慢慢地說。也不是再說呀、說呀的時候了。可我心裏總是遺憾……

「你看人家，兩個人一起出出進進，一起去逛商店，買東西，去公園照相，划船，可我們，老是在忙。」

「你羨慕他們？」

「你覺得太平常，無聊？」

「不，是我忙，你也忙。我們的問題是沒有時間。哪天，我帶你去玩，會玩得更有意思。去得遠遠的，到野外去，去爬山，去跑，去滾！」

「現在！現在就去！」我搖着他，又一次掛着眼淚笑了。

我們立刻騎車去香山了。突擊式地尋找解脫、輕鬆。正是春游的時候。山下，望不到邊的自行車，一排排車把閃閃發亮。山上，到處晃動的人影，遮去綠樹！滿地的冰棍紙，燥熱的浮土四處飛揚……剛到香山邊上，我們就掃興地撤退了。僅僅這麼象徵性的一次！

……爲了一件又一件的事！他爲了戶口、爲了調工作、爲了爭取出版、畫畫、跟人打各種交道……，我爲了聽夜大學的課、爲了技術考核、定級、找房子、寫作、考大學……他光是許願，卻再也沒有還過願，他早就都忘記了！我卻記着。到現在還死死記着，「女人的局限性，就記住小事！」他卻這樣說。

……也許，爲了這些沒法對人說出口的矛盾積累，也使我們之間的感情越離越遠？也許，我的確還是不夠懂事？……

——「你說，她是怎麼回事？」亞光又在問。

我只能把我所想到的最後幾個字告訴他。

「……也許，是她還不太懂事。哪天，把你的『小朋友』帶到我們學院去玩吧，我來替你開導開導她。也許管點用。」

誠心誠意地說了，我又想，沒有用。人，都得自己碰得頭破血流，才能明白被自己扭曲，被自己放過的事情的價值。

想着，我又說：「你應該告訴她，鬧多了，不好。漸漸就沒法兒收拾了。原來的，就找不回來了。我現在才知道，後悔，都來不及了……」

「你?!爲他?後悔……」已經走在樓梯上，亞光在狹狹的一條臺階上立住。聲音很小，像是怕吹跑什麼，還是怕眞的招來什麼。

我點點頭。

他凝視着我：「那麼說，你們是一場誤會?」

「不。」

「那你後悔什麼?」

「後悔我正在做的這件事，從一開始辦就在後悔，可一步步往下走，你能明白嗎!我不能完全說清楚，有些事，好像很小，也很大……」

我也站在那條狹狹的、不上不下的臺階上。我們竟都忘了，他不該追問我，我也沒必要回答他。

有幾個人，正帶着剛剛碰到的什麼可樂的笑話，從下面上來。

「你來！」亞光突然不由分說地拉着我，穿過走廊，穿過會議室，到涼臺上。涼臺很大，像個排球場，空蕩蕩的，只有我跟他。我從來沒見過亞光這樣的果決，一下被預感到他要對我說些什麼鎮住了。

「我這樣做也許很傻，不過，我應該告訴你，爲了你，我向出版社的朋友了解他，人家說他這個人不怎麼樣。美術界也有人說他。」

「怎麼說的？」我沉住氣問。不知爲什麼，一聽到別人說他不好，明知他有他的毛病，我心裏仍然很不舒服。

「關於他的說法不少。有的說法把他說得很壞，像魔鬼，也許過分。不過，他辦事不擇手段，走上層路線。出版社的主編聽了這種反應，也說，這個年輕人不夠穩。還有人說他作風不好，鬧離婚……」

「這是胡說八道！」

「我理解你。但是你太軟弱了，你做得不一定錯，這種人不值得留戀。快走吧。會要開始了。」

我還是被亞光拉着，走進了會議室。在門邊茶几的電話旁，我停住步。我看着亞光。

「聽我說，我很感激你，一直！我們給他打個電話，把這些情況告訴他。這種時候，我們還是該幫他。都不容易。」

他呆呆看着我，好像不認識我了。

我放下電話。亞光的眼睛仍然瞧着涼臺。

「你要去車站嗎？」

「要去。」

「你呀，你太癡情了，太傻。我本來不願意告訴你。他已經跟別的女人來往了。我知道了，都爲你感到難過，你還……」

「那女的，什麼樣？」

「最時髦的樣兒。你不要比。你比她強得多！別難過，爲這樣的人……你怎麼啦！臉色這麼難看……」

會議室人多了。亞光已經開始用隨便而不過分的口氣和熟人們打招呼。他不得不拉着我，離開這個小小的角落。

我暈頭轉向地被他牽着，坐在一把椅子裏。我只覺得又憤怒，又噁心。對他，對自己。

……一個最時髦的女郎！我才不吃醋！我不比，我沒法兒比，沒有時間，沒有精力去比。可是他，應該找一個在事業上對他有幫助的人。怎麼能和這種人纏在一起，他自己不是不知道！我幹嗎要管他呢！他愛怎麼樣，活該！……亞光坐在中間那溜會議桌邊，他說笑着，朝我這邊不時關切地看看。沒來由地，我一下子對亞光也反感起來，幹嗎要告訴我這些呢！……可是，好像很多人說他不好。不擇手段。只要能達到目的，他會做出來的。我知道。見他的鬼！讓他按自己的方式幹去吧。時髦女郎。難道我會不如她！假如眞是這樣，他會跌下來的。他知道嗎？他知道自己現在的眞實處境嗎？那些跟他打交道的人會告訴他這些嗎？他知道他走了多少路，才走到這一步嗎？……

我站起來。走出去。跑下樓。

還有三分鐘。車站播音員用不緊不慢的柔聲在一遍遍催促旅客上車。我不知道他在哪一節車廂。我從中間一直跑到車頭，又返向車尾，向每一個車窗口張望。要來不及了！我奔到站臺出入地下道口的矮護牆邊，雙手一撐，打算站到上面去，看得遠一點。誰抓住了我的手。

他就在地道出入口的柱子邊上靠着。

「我還以爲你不會來了呢！你上哪兒去了？」

「我到她那兒去了。」我氣喘吁吁地說。隱起受到的打擊和不得不跟那樣一個漂亮而無憂無慮的姑娘正面較量感到的屈辱。我想還是直接了當地告訴他。

「她？誰？」

「楚雲雲。」

「你！你去找她幹什麼？」

「我請求她不要再纏着你。」

「人家沒那麼賤！」

「你不用急着在我面前誇她！我到她家去，是想跟她父親談談。也許這樣做很蠢，可還是去了。」

「你談了?!」

「我要談！放心，不是爲她。我去找了大平，他說主編還是欣賞有才華的年輕人的，我想……」

「簡直瞎胡鬧！誰要你來管我的事！」

「我不管誰管！」

「你敢管！你只會壞我的事……」

「你辦的什麼事！你簡直像個商人，冷酷、自私、不擇手段。這樣下去，你的才氣、藝術氣質都要被商人氣呑掉了。這樣，你在事業上什麼也幹不成。幹不成！你知道別人在背後怎麼說嗎……」

「不必知道。原來，你也參加了『十字軍』。我眞沒想到！」

「我只是我自己，……」

「你比他們更壞！我辛辛苦苦跑，你竟在這時候壞我的事。我本來想找個助手，沒想到又添了一個對手。那就對着幹吧！」

「你，你要是這樣認爲。好吧！」

我們倆像出入口那兩根柱子一樣，死死相持。

車開了。去遠了。只剩下一大堆合攏又分開的、錯綜的鐵軌。

我仍舊一動不動。

9

她早已無影無踪了，但一股折磨人的煩亂卻牢牢追着我。這車廂裏到處是板、是椅、是人。

在同樣一個高節奏的震動中，人們按照各自的方式等待。這一格硬臥的六個男女加一個孩子，都走得很遠。除了我，都像是事先想好了怎麼度過這一段被運送的時間。

兩男一女三個青年，去什麼廠代培❶的。從開車前就甩開撲克。沒能搶佔到車窗邊的茶几，就抖開報紙，鋪在相互對頂的膝蓋上幹。「拱猪」、「爭上游」，不嫌膩味的老一套。邊打邊叫喚，搶起牌來，扭成一團，女的跟男的一樣能鬧。

❶即：代爲培訓。

佔了窗口的是個帶孩子的婦女。在織件毛衣。一件男人的毛衣。手裏一刻也不停。小孩趴在過道的窗口上朝外看，時不時，發出歡天喜地的叫嚷：「媽媽，大卡車！媽媽，羊！……」媽媽一律應着：「老實呆着。」一會兒，小孩又發出驚奇的小聲嘆息，不知又瞧見了什麼叫不出名字的東西……

我拿出速寫本，又扔到中鋪上去。我默默盯着那幾個嘻嘻哈哈的青年，不明白他們有什麼特別值得可樂的！我從過道裏許多伸出的腿上邁過去，灌了一杯開水。點起支煙，又想，是不是爬到我的鋪上去，跟上鋪那個精瘦的傢伙一樣，睡到目的地？他從開車就睡。帶着一大堆可疑的玩意。在兩個挺小的站，匆匆忙忙跑下去，提上來點什麼東西。其餘的時間，除了上厠所和爬下來吃飯，就一直呆在頂鋪上，像蹲在樹洞裏的一隻鳥。

那鋪上更狹、更悶，眼睜睜地蜷着，煩上加煩！

連個可以聊點什麼的人也沒有。我走到過道上，坐在小孩對面看着窗外。小孩揮着小手趕着煙霧。我把煙掐了。

秋天的景色，在金黃的主調裏，摻雜着土綠的色點。

路基邊，一片片成熟的莊稼地，一叢叢低矮的樹木，閃光的河流，孤零零的小屋，不斷地飛快甩到後面。遠處，同樣內容的、錯落的景物緩慢地移動着。車窗像一個奇特的取景器，每一瞬間更新着畫面，同時重複着消失和再現的交織。不斷變幻着的景色，也顯得單調。

我仍然無法擺脫渾身的焦躁。陷入這種沒辦法發泄的境況，糟透了！其實一切都明擺着，只有幹下去，爲什麼還是這樣煩？是爲了那些聽見、也沒聽見的人言？是不是它們在暗暗地攪得我不安？我從來也沒有打算順利地滑過任何一關，老天爺也沒有這樣安排我的命運。愛說什麼說去吧！自個兒軟下來，唾沫就能把人淹死。不屑一顧，走自己的路，那些廢話不過就是吐在腳後跟的一口痰。一會兒，就被晒乾了。現在最好是有個正兒八經、哪怕混蛋之極的傢伙，當面罵我，撲上去就可以打一架。叫人難受的是，出面的卻是她！

她，一個曾經最親近、最信賴的人，我再恨她，卻從來沒有對她也架起最後一道防線。可悲就可悲在這兒。她並沒有跑到政治部去揭發什麼無中生有的東西，她也沒有像長舌婦那樣，跑到哪兒去亂抖家裏的私事。可她卻面對面，直接去阻擋我的事。在所有那些說三道四的人裏，把我罵得最狠、對我傷得最厲害的，竟是她！但是我卻無法揮拳，只有憤怒，心寒！這個世界上也許再沒有一個人會使我這樣不安。我懷疑起自己的判斷力、自己的力量。

我無法使我身邊的人相信我，我無法使她理解我，我也無法了解這麼一個人。她對我的認識，原來就是這樣！她總算自己說出來了……

有時候，不是力的較量，而是自以爲最親近的人的傷害，會使自信動搖。

車廂裏突然黑了。加倍的震動聲。車內的燈亮了，在過山洞。黑乎乎的玻璃窗上，映着一個模糊不清的我。

我盯住我自己，極力想要辨認清楚。自己弄清自己，也許並不那麼容易。

微光滲入，突然，外面又是白亮的天地。又是那些樹、房子、河流。離火車不遠的一條公路上，竟有一輛漂亮的旅行車在並行。

在你的眼裏，我成了一個商人！

而我，你是知道的，我最大的渴望，曾經是當一個跑長途運輸的司機。對落入無業青年地步的人，那簡直是一個天堂裏的位置。吃得香，把得牢，不求人。

……那是一個朋友開的車。只能半夜學。白天在火車站幫人提行李，眼睛裏盯着哪兒有活，心裏背着「故障排除」。……「第一步，打開點火開關，檢查電流表，如果電流表指示放電，說明低壓電路工作正常，如果指針不動，故障在……」扁擔戳在別人的脊背上，紙上談兵，扯淡！哪會有一輛汽車肯叫我拆下來練練呢？還沒用上考這段，就敗下陣來了。那盤旋的山間公路，居然開上去了，可就是怎麼也不敢倒下來。膽怯！那會兒學生味兒還沒退淨。還缺咬牙再撐住一下的狠勁兒，還缺看眼色、及時遞過去的精明。藍皮的駕駛執照，終於裝在別人的口袋裏。否則，我也許現在不會坐在這兒，爲了一本畫册去奔……

生活的路，是命運？是偶然？一個偶然的機遇或失落，就把人從這兒支到那兒……假如眞是順着許許多多沒有抓住、無法實現的機緣走下去，我又會是什麼樣？

……可人，又不是死棋子。人由自己的欲望駕馭着，被命運扒拉。在這兩種力之間，走出一條彎彎曲曲的路。

火車又開始鑽山洞。一個接一個。亮了，又黑，接着是一片昏黃的燈光。一下鑽進意識中的事，有的很遙遠，有的很近，有的很大，有的很小。

……塞得滿滿的抽屜，我從上到下翻了一個個兒，又把它扣在地上。幾個小小的彈子球向四外滾去，滾得老遠。我還在翻個不停。總該有隨手扔在裏邊，漏在邊縫中的幾分錢吧！眞要找了，卻一分也沒有。跪在那個抽屜跟前，我第一次感覺到，我是個要掙錢養活媽媽、養活自己的男子漢！那個想考美術學院，想當大藝術家的、志高氣昂的男孩子，再也不存在了。可是，誰肯用我？僅僅做一個自食其力、有正當職業的人，也是那麼難！

……那一次，被「涮」得太慘了！那傢伙說，他能賣給我們那個小街道加工廠一輛七成新的「上海」牌。只要一千元。認不認得，人幫人，說得多漂亮，還是看在幫我轉正的份兒上。天曉得這車的來路，不過牌照發貨單總不能騙的，頭兒批了條，天天催着要坐車。誰明文規定，多少級以下的幹部，就那麼只管幾個人的小「頭兒」，就不能有專車！弄到手那天，我開着那輛車，在郊外兜了一大圈。輕風從車窗吹進，我對自己的運氣感到驚訝，我突然生了奇怪的念頭，沒準兒我的才分根本不在那美術上，而在這個方面：落難，點化了人……

翻得太快了。快得叫你來不及收縮笑容。

那牌照竟不知是從哪兒摘來的。原來是輛黑車，一堆只能藏着的廢鐵！頭兒翻臉不認帳，沒叫我馬上滾，叫我掏錢賠！父親進了「牛棚」，母親和妹妹還等着我幹一天算一天的臨時工工錢……

我急紅了眼，提着鋼絲鎖，帶着吳大平到處轉。大街小巷、飯館、電影院。我像瘋了一樣撲來撲去，不吃，不睡，總算堵住賣車的那小子。拉到沒人的背靜地方，搶開來臭揍了他一頓，他就是光求饒，不掏錢。我們拽着他的衣領去公安局。一大幫橫眉豎眼的傢伙，把我們圍個嚴實。

我生生夾在兩股沒法碰的強力之間。一個公辦私事的頭兒和一羣黑社會的傢伙。我只有一條路。

那輛該死的車！我圍着它轉來，轉去，仔仔細細地打算：一個外殼能賣多少，發動機總成、差速器總成能賣多少，分電器、汽化器，全都分着拆開，一樣、一樣地賣，能多賣幾個錢。在那兒背熟的「排除故障」，在這裏竟全都用上了。我生來第一次，也是最後一次徹底拆掉一輛車。沒有合適的工具，又要小心翼翼。是起地雷，是跟仇人決鬥，是給自己做手術。整整幹了七天七夜。……在你的眼裏，我現在像個地地道道的商人、惡漢，你想得到嗎？我這麼愚蠢！窩囊！我不會告訴你。可我不會忘記那七天七夜。就在那時候，我從自己的身上拆去了一些東西，同時，補上了一些在學校、在課本裏永遠不會教的東西……

長長的山洞。窗外只有黑暗，彷彿濃重的夜。車內昏暗的燈光，漸漸習慣……

……我眼睜睜地瞧着。那些和我一般大的年輕人，在父親臉上，很認眞地用沾墨毛筆畫來畫去。他們就這樣向他交作業。妹妹和媽媽哭成一團。我沒有眼淚。直直地瞪着。父親成了一副奇怪、可怖、也很滑稽的模樣。我心裏只有個短句在機械地旋轉：我再也不畫！我再也不畫！

可是，當我每天扛完一件件上百斤的貨箱，從外邊回到家，栽在床上，連脫一下臭襪子的力氣都沒有了，緩口氣，我還是拿起畫筆。叫我咬着牙爬起來的，只是一個念頭：我只有靠這支筆，才能改變我的生活位置……

就在貨箱旁，我給一塊幹活兒的弟兄們畫像。他們不懂什麼梵高、塞尙、吳道子、張大千；不知道光、色、線條的優劣。他們唯一的評價標準：像。不像。大伙兒寧願幫我多扛一點，讓我多畫一會兒。一張張板正忠實的炭筆肖像畫。和我熱愛、崇拜的大師們的畫法，完全是兩碼事。稍微概括、抽象一點，弟兄們就投不贊成票，說看不懂。就是這普普通通、畫來畫去沒什麼技巧變化的肖像，也能給生活在底層的人們一點小小的歡樂。他們用鏡框把畫裝起來，掛在泥灰剝落的、低矮的房子裏，那麼誠懇，認它是藝術品。

藝術，也是實惠的。我從向聖殿爬的路上往回走，爲了他們。也爲了自己。

我又改畫油畫去了。跟着時尙。不光榮，也不丟臉。有油彩，有畫筆，有大塊的油畫布，有的是整面、整面的牆，整天的時間，畫不完的像。畫同一個人，每個畫匠的畫法都一樣。按照格子，成比例放大。站在脚手架上，上部是大量的紅色，下面用大片的綠色。可是，能吃上肉！那時候，一個月半斤肉，老老實實去排隊，三個月都輪不上。……就在第一次暢開吃肉的時候，我的腦子裏清清楚楚地印下這麼幾個字：

藝術，也是一碗飯。

當落在生的最低線上，睜開眼要想的，就是怎麼爲活下去奔波。人，能夠陷在僅僅爲了生存、爲了活着而活着的無限反覆中，和大自然中的動物沒有什麼區別。但是，當一旦能夠心滿意足地吃着肉時，我又被溶在血液中的另一種氣質攪動，我感到丢失了什麼的惶恐。總是在莫名的惶恐之中。已經過去的活潑潑的衝力、狂妄的大志、頑皮、逃跑、惡作劇，都成了流動的寧靜。那麼靜，那麼純，是夢，再也追不回來。可是它牽拉着人，固執地牽拉着。使人對比自己現存的狀況，不是生，僅僅是在吃飯。

我離開了「聖像作場」，一個人到大自然中，在深山裏，過了很久……

……我沒有學歷證明，沒有文憑，就憑着自己的筆，考上了一個畫動物掛圖的繪圖員。

動物！繪圖！我的愛好又清晰地向我招手，誘惑着我，我似乎飛快向它跑去，又似乎不過是向圓心，順着圓的半徑，挪了一個距離絲毫不差的點。

要我做的是，趴在繪圖桌上，精細、準確地慢慢描，用極細的繪圖筆和碳素墨水。

我想要做的，是揮毫寫意的，生動的，屬於大自然，屬於我的動物！

直到現在，我天天在做着要我做的，和我想要做的。你難道不能體會這種更艱苦的細微的掙扎？我分割着自己。不斷向兩個相反的目標跋涉。我必須保持自己的繪畫風格。我必須成爲業務上的尖子，在工作上站住腳……

我從最低點爬起來，跟你一樣！靠自己。可是你一點也不理解我。

我不理睬任何咒罵，對的，不對的，一概不聽。然而我對自己坦白。我是改變了，我被扭曲了。我墮落過！我不是純質的，我是一個化合物。我承認！但是，我在掙扎！我還在往前爬……

在你眼裏，我是一個庸俗的商人。我自己何嘗不厭惡這些東西，厭惡我自己的這一面。可現在，藝術究竟是個什麼東西？它也是一個化合物！就是這最古老的，純粹民族性的國畫，也被商業化的氣氛環繞。

在濃墨、淡彩點染之間，我總是貫穿着一種時隱時現的緊迫感。有一個奇怪的感覺。這不僅僅是藝術，也是一場緊張的競爭。是一個沒有定局限制的拳擊賽。連正兒八經的比賽規則都沒有。不僅是用拳，而且是用膝，用腳，用肘，像暹羅拳那樣。又像柔道，帶衣領絞殺的手段。這個場地很小，彼此都不能容忍另一個的存在。你不擊他，他要擊你。每一瞬間都在防備中，緊張地窺視對方，尋找弱點。對手是別人，也是自己。老是在揮着拳，對着自己，跟自己過不去，不斷地打，非要打得爬不起來才算。眞是活見鬼！

我有時也問自己，爲什麼不能像許許多多的人那樣生活？在我們的周圍，有一個很慢地運轉着的大世界。這一羣社會人的共用生物鐘，平穩、緩慢是正常的節奏，連滾帶爬總像是出了毛病。我爲什麼就不能慢慢地走過大街？悠閒地逛逛商店？爲什麼不去舞場上發泄壓抑？不到通宵的橋牌桌上去消耗無處發揮的智力？或者在女人的懷抱中度過一個個夜晚……這是我身上原有的一種生命的本質？是純夢幻的理想在現實中變態地追求，還是摻雜了在競賽場上，越拼越眼紅，身不由己的念頭？

……有的時候，我何嘗不感到精疲力盡，覺得再也沒有舉手招架的能力，沒什麼新招數了。我也閃過躺下來歇一歇，甚至裝死的念頭。但是，冥冥中好像有一個嚴酷的裁判在一字、一字地數着：

一！二！三！四！五！……

它不是在告訴我，這是面臨失敗的最後一息，馬上就要被罰出場外，而是在催促我站起來。我總是又站起來了，又盯住對手：人、藝術、自己，一切又無限地開始了。

實際上，不管人們承認不承認，不管每一個人在用什麼樣的速度、節奏活着，整個社會，跟大自然，跟生物界一樣，都被安排在生存競爭的和諧之中。有些人自以爲與世無爭，其實也並沒有逃脫柴、米、油、鹽、工資、漲價的愁苦和牢騷，還不過是在被競爭的世界拖着走。對那些看來跟好孩子一樣，對別人的爭、奔嗤之以鼻的人，我常常感到懷疑，他們不是過分可愛，就是在裝蒜！我坦然地承認：人，有無數的欲望，整個世界就在競爭中推進。不過，很累……

然而，我所受的一切苦難、我所經歷的一切挫折，都在把我推向競賽場。在爲生的掙扎中練就的體魄，不是爲了給那些欣賞男人身體與力的女孩子降些安慰，而是爲了如犍牛般地去拼命奔波。在磨難、絕望的困境中練出的冷靜的判斷，都是爲了搏鬥，哪怕帶着傷，也要幹到最後。

坐着罵去吧！不論是他們，還是你。只要我自己認得準。我爲自己的辯護就是幹下去。

探討，沒用！

柔情、語言、相同的經歷、不言中的默契，在這個高節奏運行的生活中，難道只能時續時斷，無法穩定的聯接嗎?!

……

日光，在山洞與山洞之間，不知不覺地遞減，黃昏悄悄降臨。模糊的樹木，勾着明媚的金邊。這個時刻，永遠給人某種懷舊的觸動。

「牛！牛！」那孩子又趴在窗臺上，鼻子尖貼着玻璃，小手指頭戳戳點點，大聲歡呼着彷彿世界上第一次屬於他的發現。

一羣牧牛一閃而過。

忽然，最遙遠的變成最近、最親切的，我的童年！同樣充滿着這樣不知疲倦的神奇感

……

一切。

外面所有的，全都是那麼神奇。

……算術課，現在想來是那麼好，當初，我老在祈禱，那老頭兒最好是病了，沒來！每

當他和學生們一塊解出一道他自個兒早就明白的難題，他總是得意地樂不可支。我成不了他的信徒。只要一瞧見寫滿一黑板的算術式，一聽到他那誦詩似地有韻有味的聲音，就引起我一種奇怪的功能，開始被窗外各種動靜擾得坐立不安。

就在屋檐下，燕子吱吱叫着，飛來了，收攏翅膀鑽進窩裏，又撲拉拉地飛去。是忙着銜食，還是繼續造窩？

天空中，一陣悅耳的鴿哨，像就在耳邊，引起心的共鳴，一會兒，漸漸消失了……

窗對面一排濃密的綠樹叢上，一隻很大的飛鳥掠過去。

彷彿很遠，也彷彿是在課桌下面，「篤、篤……」均勻的敲擊聲。是啄木鳥在林子裏，用堅硬的嘴巴和爪，把自己牢牢支在樹幹上。一，二，三，停了，又開始了……

猛然間，從很遠的什麼地方傳來呼喚。是在叫我的名字……很近！老師叫我回答問題。我倉惶站起，帶着轟隆隆挪動的課桌和椅子，還有嘩啦啦撒在地上的鉛筆盒，紅着臉，瞪着眼，可該怎麼回答這聽得懂的語言？

我從窗子裏翻出去！

我跑得飛快！用逃學，用回家要挨揍換來的自由，充滿了冒險、刺激，外邊的一切都變得格外鮮亮，活潑。

黛色的遠山邊上，雪白的梨花，爲山繫着一條腰帶。從山腳鋪下來的，碧綠的牧草上，綴着一塊塊花斑。

金黃色。油菜花。

艷粉色。杜鵑花。

還有星星點點的深紫、淺藍、嫩黃……

蜜蜂嗡嗡地叫着，空氣裏含着溫和、香甜，在微微顫動。

一匹匹馬的背在陽光下閃着細膩、圓潤的亮光。馬，在低頭吃草，在輕鬆地追跑一陣，又回到馬羣中，在悠然地掃着尾巴，昂着腦袋，專心地瞧着什麼，想着什麼，在草地上打着滾。

算術本，畫滿了馬。

不知不覺。遺留下美麗的餘暉，太陽落下去了。牧人們趕着馬羣回去，我跟在它們後面走。馬小跑起來了，瞧那四個蹄子，是那樣交錯着，太妙了！我跟着跑呀，跑呀……

那個小孩，也是我啊……

10

這種年齡，這種境遇，捲在快節奏的學生生活中，是遲得的幸運？還是不幸？

我像是被拖着跑。停也不能停。有時，累得感到一陣絕望。又覺得，它給人一種奇特的安撫。因爲它不讓人慢慢地喘息，不讓人坐下來靜靜地哭泣，不讓人陷在長久的激動中，不讓人落入若卽若離的徘徊裏……

對外要應付的東西太多，獨自體會痛苦，也成了一種奢侈。

從車站回到學院。一路上，極度的激憤變成麻木的狀況。一雙穿着跟很細的紅高跟鞋的腳，在前頭蹬着車。一個一條腿的男人，撑着拐迎面走過。兩個抽煙的男孩，堵在一輛「嘉陵」前頭，跟騎車的女孩說什麼。……什麼都看見了，什麼也沒看見。落在眼中，封閉在意識之外。突然，自行車輪撞在輛電車後面。是它進站了。停了。好像按過喇叭。好像售票員喊來着。似乎聽見了，似乎沒聽見。

電車開走了。我仍然站在那兒。

剛進學院，迎面碰上我的指導教師。

「我正要找你，談談你的小品問題。」

一句話，全部鬆垮的神經立刻繃起來。又是主人公的形象問題。馬上就要開拍了，我還在跟老師討論。我迅速地調集着所有論據、論點，繼續說服老師同意我的構思。扶着車，我講個不停。幾分鐘前那個我，無影無踪。

「……假如，我堅持我的構思呢？」我乾脆拉開談判的架式。時間太緊了。

「只要你堅持得住。」

「怎麼樣？我幹出來看！」我緊追不捨。

「你呀……」老師慢悠悠地微笑了，「坦率地說，我喜歡你的小品，不過你要注意體現導演的傾向。這個小品，學院裏也許會有爭議的。也許，會『斃了』。關鍵是你，自己要把握住。」

天哪！神聖的導演！什麼零碎都要管的頭兒。第一次拍十分鐘的小品，就把人折騰得要命。

什麼都得自己幹。自己找。自己做。

演員基本都選到了。服裝間卻沒有那麼齊全、理想的衣服。一個作業，又不能去做新的。我就到熟人身上去扒。

需要一套漂亮的床上用品。我借到了一個女同學的繡花枕頭，表演系一個同學的被子。這還是有一次去借書，偶然瞧在眼裏的。

「沒你們系的人這麼能抓，能撈的！」人家都這麼說。我笑笑。

我從家裏把已收起來、再也用不上的雙人床單拿來。並且，拿出了放在箱子裏的針織窗簾。那時候，沒有個像樣的房間，我還沒捨得掛起來過……。

在琳瑯滿目的道具架上，我一樣、一樣地尋找拍攝時用的道具。這兒有好多平時想也想不到的東西，可是要用的東西，好多都沒有。

「再怎麼搜羅也趕不上，誰知道你們會拍什麼！」道具間的老師說。沒辦法。沒關係。自己做。

別的還好辦，缺一串冰糖葫蘆，眼下還不到賣冰糖葫蘆的時節，天還不夠冷。哪兒去找？熬糖稀很麻煩。我做過三次拔絲蘋果，失敗了三次。他說我眞笨！我跑到學生食堂去問大師傅。又跑到自由市場去找山裏紅。

小心翼翼地舉着不合時宜的、但模樣還說得過去的冰糖葫蘆。我穿過大街。路人走過去了，又回頭留下一個小小的問號。

對面，我碰上了惠萍。手裏提着網袋，裝着奶瓶、衣服、水果。

「你瘦了！」我說。女人們最普遍、最愛說的問候。很久沒見，卻是這一句見面語。她的確瘦得厲害。才半年，那個水靈靈，圓鼓鼓的她哪兒去了？乾巴巴的，像在什麼機器裏榨過一道。

「你也瘦了！」她也由衷地嘆息，「過得怎麼樣？」

「還過得去。你呢？」

「也還過得去。」

「房子解決了嗎？」

「解決了，離咱們廠半小時路。」她疲倦而滿意地笑了。

「孩子好嗎？」

「好！生下來就會笑。機靈得很呢！躺在小車裏，左看右看的，見人就笑，晚上也不大鬧。唉，就是太麻煩。托兒所嫌太小，不要。要排隊，等一年以後。天天爲找托兒所到處跑。這不，先放在一個人家裏了，我的工資全都貼給小孩還不夠！」她眞誠地誇着孩子，又眞誠地煩惱着。

「……唉，還是你好！」她說。

我也眞想和她說說我的煩惱，哪怕爲這些零碎的折騰發發牢騷。又一想：說了，惠萍怕也只會羨慕我的忙碌，表面看起來，我們的學生生活，總有點大人又做起小孩遊戲的味道。

……「唉，其實一樣。我並不比你高，不過是旣然走了，就要走下去吧。」

「那事，怎麼樣了？」她立刻又替我發起愁來。

我搖搖頭。怎麼說呢……我突然想起另一件事。

「惠萍，能借給我孩子用用嗎？拍小品。」

「是電影嗎？」

「也算是吧。是作業。」

「行！行！」惠萍高興地忙不迭說。她不很明白「小品」是個什麼東西，反正要「上電影」！她帶着女兒要成一個「小明星」那樣的愉快，和我分手了。

拍起片來，可沒那麼愉快。我甚至懷疑起來：我幹嗎要自找不愉快呢！可是還在幹。在最熱鬧的街頭，拍一分鐘的戲。

圍觀的人多得要命。小孩們竄來竄去。從演員到攝影機，距離不算很遠，說什麼卻聽不見。顧了這頭又丢了那頭。我的嗓子全喊啞了。鄧小達還是夠意思，一遍又一遍，他始終是那麼個不急不慢，奉陪到底的勁頭。跟演員的合作卻不那麼愉快。我每回都希望一遍就成。說好了戲，看看差不多，給手勢「開拍」，又發現了紕漏。小道具的問題。圍觀羣眾進入拍攝點，太陽在雲裏鑽來鑽去，曝光也出問題！弄了十遍，還沒拍成，演員發起牢騷：「到底想好了沒有！都弄好了再幹！感情都擠光了。」我也煩得只想破口大罵。喊了半句，又收住了。

又是一個糟透了的工作日。一段兩分鐘的室內戲。

我跟着鄧小達一齊搬機器，搬燈，佈置場景。全部裝上，才發現亮度不夠，電壓也不夠高，帶不了那麼多燈。再找個場景來不及了。全瞧着我，等我拿主意。我想起一招兒，遠水救近渴，從對面的教學樓接電過來。

電工室的師傅也幫倒忙，只要誰求着他，就少不了拿一陣架子。非得耐着性子，陪着笑臉，說着好話……三個小時白白過去了。

一說戲，我又發現，一個女演員自作主張裝了個假睫毛！

「您本來就夠漂亮的了！」又累、又煩，又得忍着，鬧一收不住，氣就衝口出來。

「算啦，今天就這麼湊合拍吧！」鄧小達說。

「對不起，我是導演，去改妝！」

那女演員滿臉不快地去了。本來就話少，叫人越發不敢等閑視之的鄧小達，乾脆走到一邊，摸出一本《國際攝影》只管看起來。不知他會怎麼想。

我又狼狽，又窩火。想去跟鄧小達緩和一下，又拉不下面子。又怕萬一爲這一點事鬧僵了，一會兒拍不下去……

門外有人找我。走出去一看，竟是惠萍和她愛人雙雙來了，抱着打扮得漂漂亮亮的嬰兒！

攝影場頓時熱鬧了。

在這一羣到了能做父母的年齡的人手裏，嬌兒像個球似地，被傳過來，抱過去。每個人都想掏出點能逗孩子的玩意兒：一支鋼筆，一串鑰匙，一盒火柴；每個人都在摸有沒有能給小孩吃的東西：巧克力、奶糖、鐵蠶豆！

我發現鄧小達很會哄小孩呢！他那一臉不涼不熱的神氣全沒有了。他的眼睛也很快活，而且很純。他把嬰兒當個小玩意似的逗來逗去，沒個夠。那嬰兒也像是把他當個大玩意似的，用一雙小小的腳丫，在他的腿上、膝上、身上很有勁頭地蹬來蹬去……他！也是很愛孩子的。我突然閃過一個小小的片段。

……他的小外甥女病沒好，被關在家裏，不許出去玩。我們走過時，那小姑娘不知怎麼會嘟嘟噥噥地說：「舅舅，舅舅，救救我！」他立刻蹲下去，和她認眞地玩了半天。我站在一邊，心想，他還是很有柔情的，他那麼疼孩子，以後，一定也會對我很好……

嬰兒衝鄧小達笑呢！每個人都爭先恐後地逗她笑。好像得到一個嬰兒純眞的笑，就會降下福氣！逗來逗去，那嬌兒「哇」地一聲，大哭起來。惠萍忙抱過去拍着、哄着。那個紅紅的小鼻子還一掀、一掀的，她又調過頭來，看着我。我躲到惠萍的左邊去，她扭到左邊。我又躲到右邊，她也轉到右邊。

「瞧，她認得你呢！」惠萍的愛人笑着說。

我抱過這個嬰兒。摸了摸她又嫩、又滑溜的小臉蛋。一下想起來，小時候，聽奶奶說過，小小孩的臉蛋摸不得，會淌口水的。我又去拉拉指甲像一顆顆小珍珠似的，粉紅色的小手，捏捏軟綿綿的小胳膊。我多麼想緊緊抱着這個肉乎乎的小球，好好逗逗她，好好親親她！可，這是人家的女兒。

我的眼睛，爲什麼總落到孩子身上？

惠萍生了一個女兒，一個實實在在的胖女兒。我才剛剛開始拍第一個導演小品。也許，最後要被否定呢。

我心裏羨慕得酸溜溜的，可那嬰兒，偏偏咧着沒牙的小嘴，衝我笑了。

我默默瞧着這個小人兒。

這個不會說話的小人兒也看着我。那雙柔和的，烏黑的小眼睛，像帶着哲學眞諦在沉思似的。嬰兒，似乎另有一條通向不可知的大千世界的蹊徑。

看完拍好的一些片段，已經一點。下一個工作日子還需要一個做景的架子。我提着錘子，拿了一把釘子去攝影棚。

鄧小達進來的時候，我正使勁兒地揑着被錘子砸了一個紫血泡的手指頭。他彎腰看了看：「哎呀，你的手好粗糙，都不像女同志的手了！」

我也看看自己的十指，是粗糙得要命。在工廠時也沒成這個樣子。天天在寒風裏到處跑，清早去等着拍日出……擦什麼香脂也不管用。

擡起頭，我對他說：「眞對不起呀，今天。我本不願成爲那樣，可有時就像個女光棍似的！」

「沒事！你幹得挺不錯！」

「眞的嗎？我已經覺得自己無能透了。」

「挺好的。你知道嗎？我有時候想，要是我的女朋友也懂得依靠自己就好了。她老埋怨我不管她。」

「你不懂，也許她是對的。」

「是嗎？那我就不懂你們的心理了。生活，誰也無法強加給誰什麼，何況我們都走了那麼長一段……」

我聽了，在想，難道人都是彼此彼此？就是小達這樣看來心裏有數的人，也不是那麼強的……我突然看到了他的眼睛。

「來，我幫你釘幾下。」

「不，不用了。你去想想明天的鏡頭處理吧。我一會兒就幹完了。眞的，不用了。」

我太堅決了。他走了。

我又拿起錘子，沉甸甸的。腰也酸的厲害。那一次手術後，沒有能好好休息，就成了這樣。……明天爬起來再幹吧……我想。

「今天的事今天了，明天還有明天的事。」我對自己說。又想起來，這原來也是他說過的。他就是這樣催着自己。也催促了我。兩點了。今天和明天是一天。

我太累了。從外到內。沒有動一下的力氣，也沒有更多的慾望。我只想在哪兒結結實實地靠一會兒。

他呢？他是睡了，還是在幹什麼？

我恨他，可還在想他。很想。我眞想靠着他呆一會兒。他的身體，像一個厚實、溫暖的牆。就那麼一點也不用力地、完完全全、沒有縫隙地貼着他。什麼也不說，什麼也不想。一動也不動。沒有任何要求，只是靜靜地靠着……但是，即使他現在還在這個城市，即使我們還沒有吵翻，我知道，這個念頭我不會對他說出來。他不肯把更多的時間和精力放在我身上，他不會肯那麼久久地站着，由着我靠着他。他沒有這種需要，沒有這個耐心。他要幹他的事……

多怪呀，我們之間的矛盾是無可挽回的。但我還老這麼想他。

這還算是愛嗎？

愛，好像是那麼一種滋味兒，是每時每刻地坐立不安，每時每刻地爲他分着心，是一種靈感，一種精神的歡悅。再不就是無法掙脫的痛苦，敏感、尖銳的痛苦……而這，這是一個毫無希望的希望。像一個靜靜的墨綠色的湖，並不掀起感情的大浪，也不會像一杯清水那樣，能夠輕易地潑個乾淨。它只是深深地、凝重地佔據着整個意識的基底……

我靠在冷冰冰的牆上……

好像很長時間，也好像很短。心，忽地一墜。我是在做夢，還是醒着？……不會有什麼不好的徵兆吧？我這是怎麼啦！再幹三天就拍完了。假如是夢，夢是反的。

我拿起錘子。攝影棚裏，只有「砰、砰」敲釘子的聲音，還有一個不離去，也不推進的默想：

「他在幹什麼呢？」

夜，從四週悄悄地爬近了。

在茅屋露天涼臺的竹竿上攀着的小小的紫野花，紫色中偏暖的色感彷彿沉入花瓣的背面，偏冷的調子越加深起來；幽暗的澗底，一汪半藏在藤蔓中的閃亮的小潭，不見了；四週山上，在風中搖晃着肥大葉片的野芭蕉葉，像綠海中伸出一隻隻手，忽然沉入變成灰暗色的山海裏去了；從一個個褐色的茅屋頂的茅草縫中冒出的縷縷輕煙，隱沒在暮靄中……只有夜空，留着一片暗藍。

滿天的星。明亮，閃爍，清晰。似乎離得很近。

終於，連綿不斷的一座座山峰，都消失在黑暗中。眼前，不知遠近的地方，有一片微微的紅光。聽得見狗叫。那是另一個大山裏的另一個哈尼族小寨。

一層黑色的夜流鋪平了山與山之間的深谷，使人產生某種錯覺，彷彿對面的山頭，擡腳走平地就可以到達，彷彿跟相距極爲遙遠的人，也能夠交談、對話。

一個個火光、亮點在四處晃動，向這裏聚來。寨子裏的年輕人，舉着火把，打着手電來串門。

誰進來了，就逕自在火塘邊蹲下，直勾勾地看你一會兒。我照舊幹我的事。語言不通，無法交談，也不用寒喧，連點點頭都用不着，他們會像石像一般毫無反應。深山裏的人沒有客套。小伙子們圍住火塘，看我的畫稿，擦他們的火槍，跟姑娘們逗逗趣。聽不懂。姑娘們都站在後邊，一邊不停地說着話，一邊急急忙忙地捻着線。一隻手握着棉花團，另一隻手輕輕拉出均勻的細線。一直拉到手臂完全伸直，便鬆開這隻手，將握着棉花的手高高舉起，讓垂在下面的木頭線軸飛快轉動。在哪兒都一樣，小伙子愛當眾吹牛，姑娘們也總有說不完的小事。只有她們手裏的線軸知道她們在說什麼。可它偏偏天生有保密的本性，它嗡嗡地哼着，把女孩們的悄悄話纏進去，密密地繞起來……

一個背着火槍的人闖進來，蹲下去，跟男人們說些什麼。我發現他們的神情都突然變了，好像身上附了什麼，激動、不安，緊緊湊在一起，頭挨頭，很有幾分神秘。

我忙問身邊一個年輕人，他只說了一個單詞，卻滿臉恐怖。每個人都急慌慌地衝着我，喊着一個詞，我一點也不懂。大家爭着比劃，我還是不明白！一個年輕人一下搶過我的速寫本，急忙翻着，舉到我的眼前。

虎?!

這附近有一隻虎！

我背後一陣發冷，蹲在黑乎乎的單薄的小茅屋裏，又恐懼又興奮。這一帶，是完全有可能遇上孟加拉虎的。

我從老二那兒聽清了，那個小伙子今天看到了一隻虎。

我跟一幫哈尼族獵手在山裏走。

晨光剛剛在喚醒靜靜的羣山。一座座山谷底部，積聚着白雲，像一條條緩緩流動的河。它們似乎是被陽光牽動着。隨着太陽升起，雲逐漸上升，滙集，又在山腰上纏繞，飄蕩。山澗裏長着各種巨大的原始樹木，樹葉隨山風傳來肅穆的低吟。樹尖卻在我們腳下。雲被繼續拉扯，被均勻地撕開，鋪滿整個世界，漫天的大霧，終於籠罩了一切。

就這樣不停地走。

眼前是霧，還是霧。除此以外，什麼也看不見。總引着人不斷猜想，前面究竟是什麼……。

猛地，對面響起人聲。就在眼前。

像拉開一道帷幕，出現一羣同樣裝束的哈尼族漢子。在霧中，相見就是這樣突然。他們極快地交談了幾句。那幫人發現了虎的新足跡。

大家一齊向一座山爬去。

新鮮的虎糞！

是新鮮的。虎也許離得不遠。獵人們分成幾組，向幾條路摸索。

太陽穿破粉色的霧。一下子，四野又清晰可見。

我們扒開沒人的茅草。砍去上下交錯的粗大藤蔓。走過深澗之間的獨木橋。

山風越來越大，給剛剛還碧藍、乾淨的天空，推上大團、大團的雲朵。雲移得很快。時而遮住熱辣辣的太陽。遠山近景的色調，呈現着鮮明的層次。陽光下，一大片鮮亮、青翠的山巒，反射着耀眼的斑點。幾乎能分辨出一片片樹葉的形狀，每片葉子下，都好像藏着個活躍的精靈。濃雲裏，一層灰濛濛的，夾着黃斑的樹叢，托起一段黑色的山體。像送葬的行列。

又發現了虎的足跡。

它踏倒了澗底溪流邊的雜草。它鑽過一片密集的叢林，留下了虎毛。風裏像是有腥氣。還是風，什麼也沒有。沒人深的草，虎也許就在身邊。隨時有可能突然遇上。每走一步，心裏都緊緊懸着。獵人們的火槍裏裝滿了鐵砂。我挎了一把砍刀。沒有一個人作聲，只是默默打手勢。但是，草在身邊，在腳下「刷、刷」地響。每時每刻都在暴露自己。停下來，更可怕。

我終於疲憊不堪了。也不知道翻過了幾座山，一直緊繃的激動、不安，變成機械地向前移動。我仍然一步不拉。汗，已經流乾了。我緊盯着幾米遠的一棵樹，……然後，一朵極小的野花、……獵人們粗糙、黑黑的腳後跟……只聽見自己在呼呼地喘氣。

山頂。強勁的風。令人感激。

獵人們決定停下來，吃點東西，休息一會兒。每個人把隨身帶的，用芭蕉葉包的旱谷飯拿出來。誰打到了一隻麂子，架起火，燒了。撕了兩大片野芭蕉葉，鋪在地上，折了些樹棍當筷子，用砍刀把那隻麂子很平均地分了。

人們就地躺下。我也躺下，平平地伸開四肢，頭枕着地。

沒有注意到，一會兒工夫，整個天空竟又在發生迅速的變幻。

大塊、大塊的雲團，在強烈的陽光下，呈現出黑、白、灰三色，一種超現實主義畫派的效果。白得耀眼。黑得撼人。灰得壓抑。頭頂上，濃雲劇烈地翻騰着，有時猛地向山頂壓下來，又衝上去。遠處的天邊，還偶爾露出一絲湛藍，浪似的黑雲，立刻撲過去，一點不剩地佔據整個天空。在頭旁邊，在身下的山澗裏，雲又像海潮一樣滾滾湧來。茫茫連體的山脈，只剩下一個個數不清的小山頭，像孤島，浮動在雲海裏，時隱時現。人，彷彿置身在汪洋大海之中。山頂，彷彿是一隻飄搖的小船。天黑下來。

分不清是在天上，是在身子底下，是在遙遠的地方，還是就在眼前。巨大的雷聲包圍着我。

一場暴雨突然降臨。

山頂只有小樹和茅草，沒地方躲，索性在大雨中澆着，仍舊一動不動地躺着。雨點抽得人生疼，睜不開眼。水，立刻在身邊泛濫。雨聲淹沒一切。似乎什麼都被捲走了，我和這土地、水渾和成一體……

在什麼地方，隱隱約約，一陣吼聲……

虎嘯！

我一躍而起。獵人們瞇着眼，在大雨中四處觀察。

一個人指着一個方向、急促地低聲吼着。

對面山上，在大雨中樹枝亂搖的林中，一塊黑、黃的花斑一閃！

獵人們箭一般衝下山去。我也隨之飛奔，全是泥，連滑，帶摔，帶滾。我不管不顧，只盯着對面的山，盯着那有一隻孟加拉虎在出沒的林子……一塊巨大的石頭在眼前，腳下一段斷崖，來不及了，收不住了……

11

——「請勿探視！

探視時間……」

我跑過這塊白底紅字的木牌。我順着擦得映得出人影的走廊拼命跑。我撞在一輛推着病人的平車上。

我還是拼命往前跑。

我眞混！我竟還猶豫了半天！

明早還有一次短片放映。可以請一些朋友觀看。我想到了他。卻不知該不該向他伸出這隻手。

十分鐘，兩個月，一個小品。所有的艱苦努力，不過像劃了根火柴，一亮，完了。再沒有什麼用處。唯一感到欣慰的，是它引起爭論。不是關於導演手法的技術性爭論，而是對人物的看法。我寧願讓人非議，也不想僅僅講一個完美的小故事。……他會怎麼看？是嗤之以鼻？還是會有同感？我極想知道，又拿不定主意。

病歷牌上沒有他的名字。在他單位上的人告訴我的那個床號下，空着小小一塊。正在聊天的兩個護士，其中一個，擡起頭來，用漠然的口氣截住我焦急的詢問。

「走啦。他非得要求出院。剛剛。」

飛速騎過大門時，我沒有下車。順着沒有路燈的，黑乎乎的路往裏撞，老遠，還聽得見傳達室的老頭衝我後背喊。

我舉手敲那個單扇門。

剛聽到那熟得要命的第一個字音，就猛地拉開門邁進去。

他在對面的單人床上，半倚半躺地寫什麼。

他擡起頭，似乎微微晃了一下，一動不動地盯着我。

我癱軟地依在門口，一動不動地盯着他。

短短一瞬。極靜。

我什麼也沒看清，只看到他頭上纏着的那條紗布。白花花的紗布，我，竟最後一個知道這一切！我一下撲到他跟前。

他用手一擋。聲音那麼冷淡，像是要決鬥。

「現在了，別來這套！」

我這個沒有用的對手。心受了打擊，眼淚偏偏一個勁兒往下掉，順着下巴，落在大衣的前胸上。我站在他面前，離他的床一臂之遙，我所能做的，好像只剩下這樣傻哭。大衣的袖子全是淚水。我用左邊袖子擦，又用右邊袖子擦。

他欠欠身，從身後抽出枕巾，遞過來。我接住枕巾一頭，他還抓着另一頭。我哭着瞧他，他也默然瞧着我。他的目光突然一暗，枕巾的那頭往下一垂。

「哭夠了，走吧！是對手就別憐憫。」

那條枕巾落到地上去。

我一下抓住他的雙手。眼淚掉在他的手背上，我怕他加倍地煩我，忙去擦，淚水又落在我自己的手背上。我實在忍不住了，頭埋在他的手背上，放聲大哭起來。

他沒有動。好一會兒。抽出了一隻手，摸摸我的頭。聲音很低地說：「行啦，行啦，讓我幹事情吧！看！稿子都哭濕了。明天還急等着用。」

我抽抽嗒嗒地努力辨認那稿紙上的字。像是那本畫册裏的前言和技法文字稿。

他又埋頭寫着，一邊指桌前一把椅子：「坐會兒吧，有水，有茶葉，自己弄吧。要是熱，脫了大衣……你？」

我從他手裏拿走那堆稿紙，坐在椅子上翻看。

「有什麼好看的。還想從這裏找點可以揭露我的材料？拿來吧。」

我脫了大衣，掏出鋼筆，彎腰拾起那條枕巾，擦了擦臉，往旁邊一扔。安安靜靜地看着他。

「說吧，怎麼寫？」

他說。我寫。從我筆下流出來的許多東西，我卻還是頭一次知道。

虎，對我來說，非常熟悉和非常遙遠的距離相等。「苛政猛於虎」。黑旋風李逵辛辛苦苦背來的老娘被虎吃掉。小時候就知道。和虎有關的嚇人成語太多了，成了世上最平庸的比喻。我在動物園裏看了多少回虎，一點兒也不生恐怖的念頭。他畫虎，弄得我轉過來、掉過去總是看見虎。我對它加倍感覺平淡，甚至討厭。沒有這些虎，我們本來還能有點時間在一起。

然而，從他的講述裏，我漸漸感到，虎從我的意識裏活生生地走出來。而且，有着和被神化、被平庸化完全不同的東西。

「虎是很美的！」他說。

「美？」

「當然！你難道不覺得它美嗎？虎的體態和步態是那樣優美；它的頭、尾巴和身軀是那麼勻稱；它的毛色和花紋是那樣美觀；它的表情又是那麼生氣勃勃。在千百種動物裏，有幾種能比得上一隻斑斕猛虎那樣好看呢！對了，還有虎嘯，是那麼深沉渾厚。那麼懾動心弦……」

他那樣熟悉、那樣有感情地談虎的生態、種類、習性。當我記下「……虎屬猫科，眼睛和猫科動物一樣，瞳孔隨日光變化，是淡黃綠色」時，我想起他的眼睛，淡黃綠色的，閃爍着變幻不定的光。我不由笑了一下。

「怎麼了？」

「沒什麼。同是猫科動物，進化得多麼不同，猫現在連老鼠都不肯吃了，老虎卻要吃人。」

「誰告訴你虎吃人？」

「誰不知道虎是要吃人的！」我嚷起來。

「我還以爲你什麼都懂呢！一百隻虎裏也不見得有一隻吃人。」

「眞的？」

「當然。吃人虎都是因爲受傷或者年老，使虎不能再正常地獵食其他野獸，最後迫於饑餓，只能鋌而走險，攻擊起一向畏懼的大敵人——人。攻擊結果，往往使虎發現，獵人比獵食別的動物更容易！這樣才導致它很快失去怕人的天性，變成一隻專門吃人的虎。『談虎色變』，人們是把改變了它的天性的虎作爲虎的整個象徵……」

「你簡直像個虎的保護神！」我心裏笑，竟沒敢說出來，「……他其實有着我所缺少和需要的許多東西……」，我又閃過一個模糊的念頭。我本來應談從他那兒得到更多的關於動物、關於自然的知識，怎麼竟毫無知覺地錯過了呢！我本來也是喜歡這些的，並且我也決不是一個不能理解我身邊的人在做些什麼的人啊！……他好像是頭一次跟我這樣滔滔不絕地談！再不就是我們倆相處的時候，話越來越少，吵架越來越多，而這種長談，早已淡忘了……

他講畫虎的技法問題了。說到寫生、觀察，隨口告訴我，爲了就近觀察虎，他到西南動物園去的時候，請工作人員把他關在隔壁的籠子裏，因爲籠子之間鐵絲網的密度要比觀賞處的密度稀得多，看得更清楚。有一次，撲過來的虎，伸爪打落了他手中的速寫本……

「這也是他！」我心裏一動。但手裏在一刻不放鬆地記着那些陌生的技法問題。盡管這一切是生疏的。但他在探索上那些苦惱的感覺，我完全理解。我用我在事業奮鬥中的全部苦惱和探索去理解了。

他講到這一次在深山裏追踪虎跡的情景。我毛骨悚然而又興奮，放下筆，趕緊扭頭瞧他，盡管他好端端地在着。

不，他變了。完全變了。眼睛裏跳動着熱情、追求的光。他這種樣子，在我們相處到後來時，我幾乎見不到了。

那是什麼時候，他也是這樣的？……那次！我們從辦事處登完記，踏着雪，一氣跑到郊外，爬上一座蒼涼的山。

灰色的天空，潔白的荒野，深褐色的樹木，一切都彷彿在安詳地等待着我們。一切都充滿和諧的寂靜。

他扔掉了帽子、手套。興沖沖地在山上跑。我又滑又跌地在後面緊跟。「等一等呀！」剛一喊，就摔倒了。我不高興了。「只顧自己跑！」他來拉我，滿不在乎地給我拍打着身上的雪，拽着我繼續跑……

他突然停下來了，摒住氣，靜靜地極目遠望。突然又回過頭，吻我一下。他的臉紅紅的，眼睛裏不是柔情脈脈的，而是一種大孩子似的純眞、快活。他又往前跑了。……

「噢，再加一筆說明，我主要畫孟加拉虎。」

「虎就是虎唄，能有多大區別，又不是科普。」我記着，隨口問。

「當然有區別。中國的虎有三個亞種，東北虎、華南虎、孟加拉虎。外形、習性、生態環境都有所不同。不論怎麼樣概括、變形，大體解剖、眞實，這些是最基本的東西。」

「爲什麼你要畫孟加拉虎呢？」

「我喜歡孟加拉虎。」

不用看錶，我也知道很晚了。我手下已經有一大片寫滿字的稿紙。他說得也該很累了。他還沒全好呢。我叫他歇一會兒。我把記下的東西從頭整理了一遍。

弄完，想叫他看看，他歪在那兒睡着了。

我想擺弄一下他的枕頭，使他睡得舒服些，又怕會擾醒他。我坐在桌邊，不知該怎麼辦。桌面上有一本《自然雜誌》。我隨手翻着，裏面有許多關於虎的介紹。

我仍然存了一個小小的好奇。跟我的職業、學習完全無關的好奇。為什麼非得愛畫孟加拉虎？它有什麼獨特的地方？

我讀到這樣一段話：

由於環境不同，不同地區的幾個不同亞種在性格和行為上也有若干差別，撇開個體的特殊性不說，一般的說，在性情的猛烈、膽量的大小、動作的靈敏以及獵食的本領等各方面，可以認為孟加拉虎居首位，華南虎次之，東北虎又次之。

原因是，相比之下，東北虎所處的環境是「優越」，日子最好過。它遠離人寰，人口稀疏，森林茂密，利於隱蔽；當地野性種類眾多，數量也比較多，故獵食也較易；沒有強敵，卽使大棕熊也敵不過它；種羣密度較低，個體領域廣大。因此，它的競爭能力較差、冒險性和膽量也相對降低。

其次，華南虎居住華中、華東、華南各地的荒野山區，也是獸中之王，沒有敵手，但受人類威脅、壓力遠大於東北地區；並且，南方野性種類雖多，數量卻不算多，存在人類和較多食肉類競爭者（特別是豹和豺狗），這些促成華南虎的鬥爭與獵食的本能。

孟加拉虎的生境多樣，不管是溫熱多雨、草深葦密的沼澤地區，還是乾燥酷熱的灌木叢林區，或是河流縱橫、丘陵起伏的熱帶常雨林地區，甚或是比較涼爽的有茂密森林或竹林的高山區，生境雖截然不同，但都是生活在生存競爭極其激烈的條件下。

它在大自然中有強勁的對手，為了應付對手，孟加拉虎不能不變得更加機警、更靈活、更勇敢和更殘忍。例如：成羣的野象和野牛，旣是孟加拉虎獵食的對象，又是一種巨大的危險，一個運氣不好，就可能送命。至於河流中的鱷魚、叢林中的大蟒，對幼虎都是經常的威脅。而林中的金錢豹、黑豹和豺狗羣也具有一定的競爭性。

孟加拉虎面臨人的威脅，從上世紀末以來，孟加拉虎狩獵一直居於世界狩獵運動中的王座。

在沉重的打擊和嚴酷的生存競爭中，孟加拉虎變得更機警、更頑強。

……

我放下雜誌，默默瞧着四周。他還是過得那麼亂糟糟！桌上、床角旁邊一堆堆的畫稿。書架頂上，擺着一個個各種虎姿的雕塑。長嘯的、靜臥的、撲擊的……。桌角上放着他那個記事本。我信手翻着，一半阿拉伯數字後面，有一串簡短的詞組，猜不出每一個詞代表多少內容，猜不出彼此之間的內在聯繫。在書架最下面的畫稿堆裏，露出一塊熟悉的印花尼龍頭巾。那是我的。本是包沒打完的毛衣用的，而那半件毛衣還是帶着針原封不動地包在裏面。

風很緊。在遙遠的地方，隱約有尖厲的風的哨音。乾樹枝噼噼啪啪地折斷。窗帘的下擺輕輕地起伏。外邊一定非常冷，非常黑。這裏，很近，一個熟睡的男人，帶着低低的鼾聲伴着我。

我突然覺得，我和他有什麼相像的地方。

也許，正是這個相像的地方，使我們相識了，結合了，又將分手。

我們曾經結合在一起，我曾經想，他是世界上唯一的這樣一個人，我把全部情感和思想的依托放在他那兒。我們在身體上彼此再也沒有保留的，隱秘的地方。但是，我也許並沒有弄清他，我甚至並不知道，他，究竟是一個什麼樣的人。也許我們都忙於應付自己的事情，越來越沒有充分地交流許許多多的想法？是的，結婚以後，我對他說的，比結婚前通過信件所說的，要少得多了。也許，戀愛的時候，雙方都本能地急急忙忙地表達自己，生怕錯過。而捆在一起了，自己或對方，以爲在精神上互相依存了，反而使我們誤認爲一步可以走向任何默契。我們交談的太少了！可我們根本無法在不斷靜止的交流，細微地互相體察中過日子呀！就是彼此厮守着，也未必能夠弄清對方的意念。因爲，說到底，自己是否弄清楚自己了呢？

我本來要尋找的，和我找到的，好像不是一個人。又好像就是他。

——我在吃力地往上爬。

山很陡，霧很大。除了腳下正在蹬着的一小塊土地，前前後後，頭頂上，都是抓不住，穿不透的乳白色的霧，眼前冒出一棵樹。又冒出一塊石頭。大霧中，一切都是孤獨的，彼此看不見。我累極了，可怎麼也停不下來。我想抓住什麼，可什麼都從身邊慢慢地移去。我擡頭看，看不到山頂。只有拼命地爬。突然，從霧裏跳出一個哈尼族姑娘，頭上、頸上，掛着一片片亮閃閃的飾物，還有一頂垂着紅綠花線穗的黑色小帽。她全被蒙在一層細小的霧珠中，鮮艷融入柔和。

……不，怎麼，迎面走來的是她？還是那件淺綠色的短袖襯衫。那淡淡的眉頭、朦朧的眼睛、彎彎的嘴角都在微笑。微笑裏透着隱隱的憂鬱。怎麼會在這兒遇上她？難道，我們早已離得很近，很近，只不過被霧隔着，她看見我了嗎？好像看見了，因爲她在憂鬱地微笑；她好像什麼也沒有看見，因爲她就要從我身邊走過。我想喊她，抓住她！可我喊不出聲，伸不出手，彷彿有什麼東西，在暗暗地把我和她往兩個方向拉……

晚了！……

我睜開眼。

她就坐在我身邊，正凝神看着我。

「你在想什麼？」我用眼睛探問。

「你呢？」她無聲地反問。

和剛剛在夢裏見的，一樣嗎？我瞧着她。

她轉過臉去。忽而起身去了。一疊稿紙舉在我的眼前，擋住了她。

「完了。」她輕輕說。

我忙坐起來，邊看，邊修改。專業上的用詞和敘述方式，她畢竟不懂。但也實在難爲了！

她把改完的稿子接過去，又坐到桌前的椅子上，抓起鋼筆。

「還幹什麼？」

「我把亂的地方抄一下。很快。」

她笑了笑，又扒在桌上。擡手順了一下掉到額前的頭髮，就再也不改變姿勢地抄下去。她的右手臂和背部機械地微微移動，她的頭不斷左右擺動，看一下原稿，抄一句。她的頭髮還是用幾個卡子別在腦後。我跟她說過，放下來很自然，很好看。她說，這樣幹事方便。現在，那頭髮鬆了一縷，溜下來垂落在肩頭，隨着動作輕輕地抖動。

小屋裏，有兩個呼吸着的人，只有這麼一片均勻的、沙沙的微響，是筆落在紙上，像蠶在吃桑葉……

很久、很久沒有過的一種溫柔、依惜的情感，從心底裏悄悄升起來。

「睡一會兒吧！」我說。

「你沒睡？」她寫着說，「你累了，休息吧。」

「你也累了。」

她拿着筆，扭頭瞧着我，瞧瞧這張單人床。在那雙疲憊的眼睛裏流露着一絲羞怯。

她還是她。那麼認眞！

我不由笑了：「不是還沒有離婚嗎？來，你睡裏邊。」

噢，酸極了，我都要散了。

當腰、肩、背、腿終於平平放在床上，我感覺到我已經精疲力盡，一點也不能動了。我一直沒有好好的休息過，又接一個通宵，我的手腳冰冷。每次在排練場幹到很晚，或者寫東西之後，只要熬夜，就是這樣。還有那喝了濃茶之後的滋味，就更難挨！茶好像把五臟狠狠刮了一遍，整個人都覺得乾涸了。到最後，已經再也閃不出一點點靈感的火花，躺下時神志卻異常清楚。各種各樣複雜無用的念頭，一齊蹦出來，牽着思緒飛快亂跑，同時在這兒，又在那兒。總像小時候蕩鞦韆，蕩得極高時的感覺，是那種無着無落的恐懼。停也沒法兒停，躲也沒法兒躲……

多少次，當我懷着害怕的清醒獨自一人躺着的時候，心裏在悄悄地祈望，他能在我身邊該多好！假如我能得到他的撫愛，哪怕就只是靠在他的身邊，我都會安安靜靜地睡着的。……想他，簡直是銘心刻骨地想他，他卻總也不在！

現在，我疲憊不堪地躺在他身邊。閃過淡淡的酸楚，又混合一點滑稽的感覺。這種時候了！

我期待的是這樣，又不是。

他靠過來。我閉上眼睛。

「怎麼了，你的手腳這麼涼！」

「不要緊。」我向牆邊靠靠。怕這涼激着他。

他摟住我，不由推卻。他的手、他的胸、他的全身都是那麼溫暖，我順從地貼着他。他平平地躺着。我又在最近，最近的地方，靜靜瞧着他的側面。

他的眼睛瞪得大大的，閃着光，像在認眞觀察天花板上的一個東西。一個極熟悉的小神情，他在專心想事。

他突然坐起來。

「你怎麼啦？」

「你好好睡吧，我得再弄一下畫。明天，喲！不，今天一早就得交了。」

還是剩下我一個人躺着。不過，我能看到他。

我能看到他堅實的背，不停擺動的手臂，一個亂蓬蓬的後腦勺，牢牢站在那兒的兩條腿……有他在！他拉過一疊畫稿，在桌前一張張翻着。宣紙嘩啦啦地響。我合上眼睛，聽着這個唯一的響聲，突然，聲音小了。我睜開眼。他變得輕手輕腳的。我叫了他一聲。

「嗯！快睡吧。」

「我想起一件事。」

「什麼事？」

「我請你去看看我的導演小品。」

「小品？」他沾了墨，專心地畫着說，「對不起，我忙，你沒看見嗎？你眞是個聽話的學生。睡吧……等你什麼時候拍出一部電影來，那時我會去……」

拍一部電影！那還要熬很久、很久。

「你呀，就是太要強！要不然……」

「不，不！」我不作聲地拼命反抗。又回到這樣一個分手的起點。本來一切都不是這樣，我根本不是要強，而是你把我推到不得不依靠自己的路上。

淚水順着我的眼角，悄悄滲進頭髮裏，枕頭裏。……

——吳大平已經在辦公室坐着。

「你眞早！」

「跟你辦事，沒辦法！和小時候一樣，我又成了等待出發的『桑喬』。」大平打了個哈欠。

「算啦，你我都變了。靠騎士精神不能在這個時代生存。」

「是啊，是啊……呵！這字滿漂亮的！又重新找了個伴？」

「幹吧！」我打斷他。

我們倆當面校了文字稿，審了選定的畫稿。我等着他寫完編輯稿簽。他說，今天可以送印刷廠。到看校樣的時候，再給我打電話。

還早，我騎車往回跑。

順風。這個冬末的早上，極好！車如潮湧的高峯時刻剛過，商店還沒開門，開始日常活動的第二梯隊還沒有出動。橘紅色的、溫和的太陽，穿透灰濛濛的煙霧，使吐煙的工廠和無數生爐子的家庭以及大小車子攪渾的空氣，變得鮮亮了一些。

又是紅燈。對面沒有什麼人。

又是綠燈。一對互相攜扶的老人慢慢地移過馬路。

我等了一下，又啟動了。

一個小男孩滾着個用粗鐵絲套着的小線軸，在馬路沿上飛奔。

我們倆並行。

那小線軸上，插着一片小小的綠葉！最初的綠葉。快樂旋轉的綠色，綠色……

我多麼想再回到長滿常綠的高大森林中去，到深山野谷裏去。在山崗上，在沒人的綠草中暢快地奔跑。打滾！還有她。拉着她，拼命跑呀，跑……不怕她叫苦，不怕甩掉鞋。綠色的天，綠色的地，綠色的旋轉，快快樂樂……對了，你曾經總是埋怨，我沒有跟你出去好好玩一次。我許了願，我要兌現。別再讓你說我說話不算數！明天，今天，現在，我們都空閑。不怕還是冬末，不怕所有的樹都還是光禿禿的。我們，也去尋找一片綠葉……

我停下車。買了兩個大麵包，買了一大堆香腸和牛肉。

傳達室的老高又拉開小窗喊住我。

「街道辦事處剛給你來過電話。叫你去一趟。」

「我?!」

我慌忙跑回宿舍。門上掛了鎖。

她走了！

我撲到電話前。接通訊號響了很久，沒人理，見鬼！那個熱鬧的、有的是漂亮的男孩和女孩的學院，人呢？終於，有個好心的人接了，去找了。

又過了很久，好像很久……不，不能這樣談。我放下電話。騎上車。

人家說，她在小放映室。我使勁地敲門。一個滿臉不快的男同學開的門。我鑽進去。銀幕一閃、一閃，一排排的人頭。她在哪兒？我一排、一排地走過。突然想起，是不是在放她的小品。擡頭看。

燈亮了。人們議論着，紛紛往外走。我像水流中的一塊石頭，牢牢紮在門口。

人走光了，沒有她！

我拉住一個跑回來拿丟下的書的女同學，她熱情地說：「她？剛剛請假走了。有什麼事嗎？她去辦事處了。」

她去了！還有什麼可談的？我還幻想什麼呢？她盼的就是這個！

——我站在街道辦事處門口。一會工夫，已經進去了一對青年。又出來一對。凍得通紅的腮幫子還沒緩過來，又添了閃閃發亮的幸福目光。他和她，肩併肩，走遠了。

風吹着一片碎紙在地上盤旋。時快時慢。他怎麼還不來？讓我一個人站在這兒，眞難受！也許，他還沒回去？他還不知道？我是不是也先回去？難道我等待的，並不是這個結局？難道我要跟他面對面重新弄清，溝通一切？理解一個人是一回事，生活在一起又是另一回事。自己想清楚了是一回事，要跟對方說清楚又是一回事。他肯坐下來跟我好好談一談嗎？我一個人，已經走到了這一步，到現在，我幾乎已經不是原來的我了。家庭、丈夫……我真的還能再擔起那一切嗎？……

再給我些時間，讓我想想……

可他來了！老遠我就看見，他從胡同的那一頭騎車來了。他好像比平時騎得慢了些？……不！像平常一樣飛快。毫不猶豫地奔向認定的目標！他還是那樣，只顧自己。他能想到什麼?!

當他急急忙忙跳下車時，我邁進了辦事處大門。

「師傅，謝謝！對不起，師傅！」

姑娘笑着先跑出去，衣裝嶄新的小伙子還撐得住，鞠着躬向辦事員道謝，退出去時，撞在我身上，又周到地向我道歉，並順便跟他致意。

門關上了。緊接着手足無措地歡天喜地的，是一個過份的安靜。

我們還站在門邊，他看看我，我看看他。誰先開口呢？

「你們怎麼現在才來？對不起。」辦事員說話了，「我要去開個計劃生育的短會，你們得多等一會兒。要不，你們過會兒再來。半小時以後。」

門又一響，剩下我們倆。

「怎麼辦？」他問我。

「你說吧。」我看他。

「要不，去吃點兒東西，從昨晚熬到現在，還什麼都沒吃呢！」

——「我掏錢。」她說。

「爲什麼？」

「不爲什麼。你吃什麼？」她問。

這怎麼有點熟悉的舊影？是在哪兒？

是第一次！我們一起去吃晚飯。也是她問我。也是這樣問的。

……那一次，我頭一回爭取到了一個來北京出差的機會。是她馬上要下班的時候，我突然闖到廠裏去。她穿着油乎乎的工作服，推着輛裝得很滿的平板車，急急衝過來，大聲吆喝着，「閃開！閃開！」

她呆呆地站住了，一聲不吱，臉驀地緋紅。

……一會兒，她跑出來了，換了衣服。就在休息間裏，興致勃勃地談西南邊疆，談繪畫，談種種事情。她不歇氣地說話，忽然插進一句，「你吃飯了嗎？」

「沒有。」

她的臉又紅了，抓起書包，帶着我在街上跑。那個傍晚，她的匆匆忙忙，她的充滿熱情的粗心大意，她的突然愛發紅的臉，臉紅時流露的一股真摯的羞怯和出奇的寧靜……她的一切都叫我那樣喜歡！

我們叫到的是停止營業前的最後一份飯菜。不知爲什麼，她也是非要由她掏錢。女孩子常常不這樣。她要的什麼來着？……

一個魚香肉絲，一個滑溜裏脊，一個香菇油菜，一個拔絲蘋果。……

——「這次我來付錢！」

他比我打開錢包掏錢和糧票的動作要快。從口袋裏抓出一把錢，整的、零的，帶出盒擠扁的煙。

「爲什麼？」

「不爲什麼。……省得你以後回想起來，給我再多添點不是。」

「會想起來的。還有好多帳都算不清……」

「別記仇了。」

「只有女人愛記仇，男人卻什麼都忘了。」

……唉，第一回，我們也是這樣坐着。我眞傻！還跟他瞎聊呢，還只顧在那兒看他的畫。我沒想到，他下了班就跑出去畫速寫，根本沒吃飯。還有半個月發工資，我把兜裏全部的錢攤在桌上。

他到現在也不知道，就是那一次在邊疆的偶然相遇，我一直在想着，有這樣一個人。每當我遇到別的男朋友，我都會想到他。我所有的願望，其實不過就是能和他對面坐着，看着他的眼睛，和他談些什麼……那些隱秘而固執的小念頭啊！

可是眞到那一次來臨了，我卻總回頭衝着鄰座一個小女孩的貪吃相微笑。我不由地躲閃他的目光，我不相信，我所要的人，會來得這麼快……「你的脾氣眞溫和，你愛孩子，對嗎？」他輕聲說……

現在，一個老頭坐在我們之間，慢悠悠地喝着白酒，就着紙裹的油炸花生米。他有時擡起醉朦朦的眼，看看他，又看看我。

「你要什麼菜？」他在問。

「一個魚香肉絲，一個……唉，夠了。」

「只要這一點？」

「我本來就要得不多。」

「你究竟要什麼？」

「只要你對我關心一點！」我衝口說出。

他專心地看着我。似乎輕輕送出一口氣，不知是微笑，還是嘆息。

「不，你是不會滿足的，跟我一樣。不過，我也不好。想改，也許，來不及了？」他說。

「你呀！你什麼時候想改了？你就是太顧自己！」

「你也太顧自己。那時候，你早上出去『勤奮』，念外語，連饅頭都不給我買！」

「哼！男人跟女人一樣好記仇。我僅僅是有時候忘了，其實，這有什麼，我能改……」

我停住了嘴。他會心一笑。「我能改，我能改！」可我每次這麼說都是眞誠的啊！我卻總也改不了。是的，來不及了。

我扭頭去看看那面牆。

——她怎麼啦？臉紅了一下，淡淡地一笑，像微風在水上掠過，一個小小的波紋泛起，又消失了。她回過頭去。那兒會有什麼呢？

牆上，有一隻電錶。紅色的秒針不停地向前走着。時間不多了。

……

「祝你下次碰上一個溫順的妻子。」

她舉起酒杯。說得很輕，含着點兒一慣的俏皮。她的眼角邊，原來非常光滑，像孩子，現在，竟有了一些細小的皺紋。

——「願你能遇上個會體貼你的丈夫！」

他也舉起酒杯。像平常一樣不經意地，帶着沉靜的微笑。他的臉上卻有了些陌生的東西。額上那一大道新鮮的傷疤！

不知怎麼的，我很想伸過手去，把手指插到那亂蓬蓬的頭髮裏，慢慢地把它們梳攏順……

——我放下酒杯。我突然想對她說：「嘿！咱們一塊到……」

菜端上來了。

在同一地平線上的下面

「後來呢？」

讀者不斷來信問。

讀者、批評家和朋友們，一直認定這是一部自傳式的小說。我也因爲這部小說而「一舉成名」——立刻捲入文壇漩渦中心。

一部作品，一旦脫離了作者手中的筆，在一頁頁紙面上以鉛字排印，就從此變成一個獨立的生命。不論是好，是壞，是，平平。猶如那老頭兒吭吭吃吃地將塊木頭刻成個小孩子皮諾曹。皮諾曹像所有的眞孩子一樣，旣可愛，又可惡，惹多少禍！可憐的老頭兒只能像所有的眞爸爸一樣，總在後面追尋着他，呵護着他；當怪物要他性命的緊要關頭，便來營救他。

可當初怎麼知道他會怎樣？老頭兒卽便有感動上天因此將木頭變人的手藝，也不能預知他未來的命運。太遲了！我意識到我和〈在同一地平線上〉之間的宿命關係。

一九八一年，〈在同一地平線上〉首先在巴金主編的文學雜誌《收穫》上發表。那正是一個新的「史學」名詞：「新時期文學十年」的勃發階段。罷筆二十年的「老右派」，一直默默當着小學教員、小職員的中年人，我們這種「知青」出身的不算年輕的青年人，加上靈魂被顚炒了半個世紀以上所剩寥寥的大文豪，一起動筆。了得！一時，引車賣漿者流爭論小說！人們背誦那兩年的小說獲國家獎的篇目，如同八八年的今天談豬肉、青菜價格一年年、一季季上漲一般淸楚！而在風起雲湧的小說大潮之中的魚蛇蝦鱉，個個知曉，那一時，以中篇小說最見爆彩之下的眞功夫！還沒有動筆的時候，我就知道我會被一部分讀者不接受；我就知道我將受到批評，並且知道批評的指向所在——男主人公的形象；我知道我要寫的，不僅僅是這兩個人之間的故事，我甚至爲選擇了兩個主人公都搞藝術，職業和氣質不夠「平凡」，不夠普遍，落筆成型後還懊悔不已！下棋看三步，一般見識。我以爲我多麼夠明智呢！——不論我企圖怎樣冷靜地來回顧小說和我的故事，我也不得不承認，僅僅是故事的表層，也的確充滿了戲劇性，充滿了「重場戲」，有過多的重要角色。我在大學唸的是戲劇導演專業。

一開始便有大成功的反鋪墊。小說還沒有排出清樣，編輯已將故事梗概告訴上海電影製片廠一位當時正全國走紅的導演，導演和電影編輯，一起，把我帶到上海。我恰有寫過便能背的記性，生生將一部中篇小說，幾乎一字不差地背誦給製片、攝影師、音樂編輯及其他有關電影製作的一屋子人。好萊塢的大編劇們也沒有過這種經歷吧?!小說發表後，果然得許多年輕人甚至中年人的激賞，激賞超出我的預料，我以爲我塑造的人物不夠平凡，但平凡的人們告訴我，寫了他們。「你勾出了我們這一代人的價值觀念……」一位偶然同一段路的朋友對我說。我記得路面上鋪滿黃綠相間的梧桐落葉，記得那是上海哪一條幽靜馬路的哪一個恰好是拐角的地方，我記得午間的陽光沒有給正在我身邊閃過去的淺棕色牆壁任何陰影的塗抹。因爲我正在很吃驚、很新鮮地吸收着「價值觀念」這個詞彙。我敏感於我對正在文化圈子裏開始使用的詞竟然不知道！那時候我是第二次去上海修改電影劇本，導演決意要拍它拍得很有現代感。我決意將劇本重新結構，使其超越小說！一個星期以後，我做到了。我的戲劇學院綽號「英國」，和綽號「美國」的電影學院正好對比，我們學院特別古典，古典到不允許學生去外地。爲了准許我去上海，導演對當時的院長，四十年代風靡重慶，五十年代仍以屈原和萬尼亞舅舅的形象，使整個舞臺、整個劇場一夜夜屏住呼吸的金山院長說：「你的學生裏有一位是天才！」這一段關於天才的高潮也可以落在現任文化部長、作家王蒙那裏。那時他還只是一個著名的作家。同一時間，他在對一些管文藝的重要人物說：「年輕人出現一些新作，張辛欣的這篇尤其值得看，裏面有我們難以想像的東西……」話先傳過來，然後，有朋友帶來根據講話整理的「工作簡報」爲證。也許，這樣才能看懂當時的報上這樣的讚語：

中篇小說〈在同一地平線上〉以細膩流暢、充滿激情而又富於哲理的筆觸，描寫了當代青年在複雜的現實生活中的希望、追求、奮鬪，以及他們的苦惱、動搖和矛盾。小說的結構是間斷的、跳躍的，人稱也隨着心理刻劃的需要交錯變化。這就有如一條曲折的溪流，雖然它的某些部分被山石掩映住了，但我們憑着作者所描繪的一個個精彩的片斷，仍然能夠把握住人物性格的發展線索。這種簡潔的形式大大增加了作品的容量，給讀者的感受也是很新穎的。

也許我太陰險了？也許我受的訓練使我太過能夠領會文章背後的文章？也許這是從現在反省當初，反省得過了頭？當初我眞以爲是一場文學爭論。爭論在《光明日報》的第三版上開始出現。加了「編者按」：

文學創作如何反映新時期的社會矛盾？如何對待個人和社會的關係？在當前創作實踐中是一個帶有普遍性的問題。反映青年人生觀、提出社會問題的〈在同一地平線上〉，在文藝界和靑年讀者中引起不同的反響是很自然的。爲了繁榮創作，活躍文藝評論，現發表兩篇對這部小說各有褒貶的文章，希望廣大讀者參加討論。

請不要覺得這種語言很枯燥、很刻板，起碼，我現在重新讀不過六年前的評論文章，能從當時的刻板中體會當時文體的韻味。猶如從一件已在街頭消失的長袍上聯想一個時代的風貌。由於篇幅有限，所以以下這兩篇評論文章我基本保留其骨架和論點，刪去對原小說細微的引用部分。

……作者用細膩而生動的筆墨，淋漓盡致地描繪了一個自私、冷酷、像孟加拉虎一樣只有獸性、不通人性的個人奮鬪狂——「他」！

……就作品本身而言，作者對「他」基本上是持否定態度的。作者真正同情的則是女主人公「她」。儘管她有這樣那樣的弱點，但她是熱愛生活，不願沉淪，勇於探索的。

……這兩個不同的藝術形象當前都有一定的現實意義。尤其是「他」這個人物可以使那些為了達到個人目的不擇手段的奮鬪者照照鏡子，看看自己的尊容。這正是作品成功之處。

……作品中揭露的一些弊端，在現實生活中是存在的，甚至更有甚者。但它畢竟是十年浩刼以後出現的一種不正常的、不合法的現象。揭露它的目的，是為了批判它、鏟除它。但作品中把這種現象描寫得過於强大，並企圖得出這樣的結論：在這樣嚴酷的現實面前，奮鬪者要得到成功，只有同流合汚，只有像孟加拉虎那樣勇猛和殘酷才能站穩脚跟。我認為這個結論是不正確的。這種不擇手段的個人奮鬪者在我們社會裏是會四處碰壁的。卽便有的人投機鑽營暫時揀了便宜，隨着黨風的整頓，社會法制的健全，社會風氣的轉變，終將受到人民的唾棄和黨紀國法的制裁的。

（劉俊民：〈〈在同一地平線上〉的得與失〉）

另一篇寫著：

……這部作品却孤立地强調個人苦鬭決定一切，赤裸裸地宣揚主人公的利己主義的人生哲學。作者對他的態度，儘管有複雜的一面（卽並不一定贊成他的所有想法或作法），基本傾向却是肯定的、同情的、讚賞的。這就大大損害了小說的思想價值和美學價值。

……這樣一類與「整個世界」對立的唯我主義者，懷着强烈追求個人名利的目的，難以擺脫空虛、悲觀情緒的瘋狂競爭者，究竟有什麼值得同情和讚賞的呢？讚美他們，不就是讚美極端個人主義，不就是讚美資產階級的弱肉强食嗎？

……如果用馬克思主義重新衡量一下〈在同一地平線上〉開列的「社會處方」，我想，作者是會發現自己思想的蒼白之處的。

（朱晶：〈迷惘的「穿透性的目光」〉）

一週後在同一家報紙同一版上，又是兩篇文章：

……有人說小說中的男主人公是「個人奮鬥」的典型，而「個人奮鬥」、「為個人奮鬥」、「反動」這種推理，我實在不敢苟同。

「個人奮鬥」强調的是力爭、是進取，我們要振興中華，這種精神不可或缺。如果今日青年都和楚雲雲一樣，那麼，自立於世界民族之林的偉大抱負豈不成了一紙空文？

退一步說，卽使「個人奮鬥」是為個人，又有什麼可非議的？多年來，只准談國家的利益，人民的利益，集體的利益，不准談也不敢談個人的利益。只强調個人和黨、國之間的對立、矛盾，却忘記了二者之間的和諧、統一。用一個抽象的「人民」否定了每個具體的「人」。難道生活在社會主義中國的青年就不能有個人的理想，個人的追求，個人的目標嗎？難道連個人志向都沒有的庸夫，反而會有為國為民拼搏獻身的勇氣嗎？既鼓勵「自學成材」，又否定「個人奮鬥」，豈非自相矛盾？當今青年，並非「個人奮鬥」者過多，而是太少了。正是在這個意義上，我覺得作品中的男主人公有值得肯定的一面。

令人遺憾的是，小說中的男主人公隨波逐流，沾染了投機鑽營的市儈作風。（薛炎文：〈他是一個複雜的混合體〉）

另一篇則寫到：

……作者意在探索人生，得出的却是錯誤的結論。儘管在揭示主人公內心世界的微妙、複雜時，不乏細膩、真切之處，但文筆的優美，掩飾不了作者思想的貧弱和思維的混亂。

……個人奮鬪者的核心是為自己，在「奮鬪」過程中勢必產生排他性，把他人看做敵手。他對人毫無情誼，一切從「我」出發，為「我」所用，唯利是圖。……為個人奮鬪者離羣索居，孤軍奮戰，不僅自己得不到歡樂，而且還往往給國家和人民帶來危害。

社會主義制度以生產資料公有制為基礎，……堅決反對個人主義的思想和行為。……久而久之，個人奮鬪者終會成為社會的癌細胞，毒害社會健全的肌體，污染人們

純潔的心靈，其破壞作用，確實不可等閒視之。（楊旭村：〈個人奮鬥者的悲歌〉）

對於這樣簡單化的政治說教，我現在簡直像讀典範古文一樣津津有味！那時候我可讀不下去，我眞不害怕文學批評，我眞希望有一位批評家能批評到我心裏對這部小說的種種批評方面，我希望能找到批評我的知音。也是作家，但有政治風雲經驗的父親說了一句：「你認爲會爲你開大版大版的文學批評嗎？」我沒有注意聽他的話音。我甚至忘記我的經驗。一九七三年「批林批孔」之前，也是在這份報紙的這一版上，展開對於孔子的學術討論。教育被迫中斷以後，我自己讀了「諸子百家」的哲學思想，也通讀《史記》。看到學術討論中的孔子形象漸漸被貶，我感受到極大的搖撼！儘管信仰一再地在各種從小被灌輸的「正面」形象中一再地摧毀着，儘管國家主席也被打倒了，但我從來沒有眞正用我的腦子想想孔子等於老師這個概念是可能倒立的！我那時只是一個小護士，每日默默讀着報的這一版。是呀，一份只有四版的報紙，爲什麼要花這麼大的篇幅來討論文學呢？我眞是很傻。我現在想，我的父親其實也很傻！當下一週出現了單單一篇的長文時，嚴肅的批評結構包括長度使他評價：「這還像個批評的樣子。」的確，從題目到內容，嚴肅和分析，都比以前的文章像樣。我們父女倆，兩個阿Q，生怕人家不會畫圓圈兒！這篇文章寫到：

> 張辛欣的中篇小說〈在同一地平線上〉是一部引人注目的作品。作者以強悍的筆力，通過男女主人公交替進行的內心獨白，把他們之間的衝突以及他們對社會生活的看法，用相當凝練的生活畫面狀繪出來，雖然青年畫家和他的妻子的結合、離異，他們感情的纏結，顫動，在小說中占了很大的篇幅，但是，這決不是人們常見的那種狹隘而飄忽的愛情小說，而是一篇尖銳地提出了社會問題的小說。雖然由於作者的思想局限，她不能對自己所觀察、所描寫的社會現象作出令人信服的分析，然而，對生活的敏銳而直率的反映，使這部作品獲得了一定的認識價值。
>
> 小說的標題：「在同一地平線上」，可以說是女主人公的內心深處迸發出的呼喊！這是聚集了小說內在意蘊的一個思想焦點，也是作者對她觀察到的社會現象的一個解釋。在作者看來，在「鋪天蓋地而來的新時代的競爭之風」中，女人和男人面臨

的社會壓力是一樣的。他們站在同一地平線上，面對和看取的是同一個生存競爭的世界。

……作者對這些來自家庭的壓力的描寫是真實的，能喚起共鳴的。在我們目前的條件下，一個有事業心而又有了自己家庭的女性，要想毫無牽掛地把全部心力都奉獻給事業，那是非常困難的，小說塑造的這個知難而進的女青年，是很有特點的。……由於作者讓她過於迷醉於生存競爭的想法，在理念上把她從真實的地面拉開，硬把她納入青年畫家所處的那一條充滿生存競爭的地平線上，這就損害、並削弱了這個具有奮進的毅力和才能的女青年形象的積極作用。如果不是非要把她納入與青年畫家共處的同一地平線上，這個性格就有可能真正成為與青年畫家形成對蹠的社會力量的代表，她的那種自樹自立的清醒意識和果斷行動具有的積極意義也就大多了。可惜現在小說中的「她」，還處於一種「自己弄不清自己」的狀況。她既不清楚自己的優點，也不清楚自己的弱點，陷在一種心力交瘁的感情自我分析之中。這種細膩的自我分析也許出自對生活的真實感受，然而卻沒有把她引向清醒，相反，在謬誤的社會思想指引下，她越是對人與我進行分析，就越是陷入盲目性。……我覺得這是一種思想和感情上雙重的迷誤。作者可能沒有意識到：被她描寫成悲劇的這一對夫婦的離異，未必是悲劇，而被她當作悲劇的某種轉機描寫的這一對夫婦的心靈相通，倒是真正可悲的迷誤。把他們不得不離異的原因全部推諉給所謂生存競爭的社會壓力，這就等於女主人公完全放棄了她那本來正常的對青年畫家的道德評價。在生活態度上，在對待愛人應有的情操上，是非、美醜的分野被泯滅了，這是令人惋惜的。

（很多批評家包括作家都友善地同樣指出，假如我能把這位女子寫成善的化身，我本可以得大獎！）

青年畫家的形象，比起女主人公來，是更為複雜的。作者並沒有把這個形象簡單地寫成某種社會達爾文主義的傳聲筒，而是在一定程度上，寫出了他的這種生活見解形成的社會根源，寫出了他內心的孤獨、掙扎、惶惑、矛盾。但是，無可避諱的是：作者是相信她的男主人公的那些關於整個社會和自然界一樣處於生存競爭的和諧之中的荒謬見解的。而且，她讓男主人公從這些見解中獲得寬解自己的醜惡行為的道德安慰，獲得繼續幹下去的精神力量。這就把他內心僅有的一點點懺悔也抵消了。

像青年畫家這樣一種「理直氣壯」的利己主義的心理類型，出現在我們的文學畫廊裏，並不是偶然的。它是對我們經濟生活和社會生活中出現的複雜的新現象的一種直率但不準確的反映。的確，我們經歷了一場壓抑個人創造才能發展，摧殘民族的有機生力的極其悲慘的浩刼，的確，我們過去在左傾錯誤的影響下，在經濟建設中片面强調協作，完全抹煞了適當地利用競爭的槓桿來推動經濟建設的必要性，在社會生活中，片面强調集體主義，忽視了個人才能與創造力的發揮，這就造成了統得太死，發展遲緩的局面。如果不是對個別不妥貼的語言過於吹毛求疵的話，那麼，應該承認，小說中借男女主人公的觀察所指出的「普遍存在的生存軟弱症」或以「平穩、緩慢」為正常節奏的「共用生物鐘」，的確是觸及了我們的經濟生活、社會生活的某種弊病的。我們黨和人民目前仍在進行的各種社會改革事業，包括各種經濟責任制的試驗，鼓勵人才成長的各種更有進取精神的文化政策等等，這就必然產生一種表面上看來似乎很像所謂生存競爭的新的社會現象。與人們的事業心和進取精神大大振作、個人的創造潛力得到高揚等積極現象伴隨着的，自然也會出現一些令人沮喪和不安的消極現象，如爾虞我詐、爭名奪利等等的擡頭。其實這是歷史的正常現象，用不着大驚小怪。在評價社會歷史現象時，對社會前進、歷史發展有利還是不利這個尺度，應該比情感色彩較濃的一般倫理尺度更受到我們注意。……離開對決定人們行為動機、欲望的深刻的歷史運動及其物質根源的研究，只從情感的形式或誇張的思想形式去談論善惡，談論利己主義或利他主義，正是各種唯心主義倫理學和宗敎的一個特徵。因此，對於小說通過青年畫家的形象對個人奮鬪，甚至個人主義欲望所作的宣揚、肯定，我們不能停止於簡單地去責難，而應該看到，在粗陋荒謬的社會達爾文主義搬用中，潛藏著某種社會發展的合理要求，映射着某種富有當代社會生活特徵的現象。高爾基經常談論個人的創造力量，有人責難他：「為什麼在應該講羣衆的創造的時候，老是說人呀，人材呢？這裏有沒有個人主義呢？」高爾基回答說：「我以為是有幾分的，但沒有任何理由害怕它，因為，如所周知，少量的毒藥對於有機體是有益的。磷是一種毒物，但沒有它，你就活不下去。」（《文學論文選‧一個讀者的札記》第九頁）這種見解也許有些驚世駭俗，然而它是真理，高爾基在這裏當然不是在鼓吹個人主義，他只是科學地估量了個人的競爭性對社會機體的有益作用，據我看，這是一種相當於增活劑的作用。一個社會要有高度的活力，離開每個個人的高度努力是不行的。就這個意義上說，青年畫家和他的妻子那種强烈的事業心和競爭意識，並不是毫無積極意義的，而是反映了新時期青年的某種值得重視和研究的特點的。

然而，少量的毒藥對於有機體的益處，是從合理的使用中產生的。無限量地推銷它，却會造成自殺性的飲鴆止渴的愚蠢行動。小說試圖尋找當代青年奮鬪精神和競爭意識的某種合理性，這種探索無可厚非，但作者試圖用社會達爾文主義來為這種奮鬪精神和競爭意識辯護，却是完全錯了。勞動，使人類從動物界中區別出來。勞動，就必須結成一定的生產關係，結成社會羣體，這就使人獲得了社會性，成了名副其實的社會動物。從而人的本性，只能是各種社會關係的總和，單單這一點，就決定了不能把動物界的生存競爭規律簡單地搬到人類社會中去。如果從社會現象上看，確實得承認人的各種慾望在驅使他們創造歷史，但深究歷史根由地看，人為什麼會有這樣那樣的欲望，為什麼有的人能如願以償有的人却事與願違，這只有分析人所處的具體的社會關係和歷史情勢才能給予科學的回答。社會達爾文主義的錯誤，就在於它脫離具體歷史，無條件地肯定人進行生存競爭的私慾，結果變成了為在社會鬪爭中早已攫取了優勢地位的反動統治階級辯護的弱肉强食的哲學。這種哲學表面上似乎公平地肯定所有的人光明磊落地進行競爭的權利，其實掩蓋了由於社會客觀經濟進程造成的不同階級、不同社會集團在經濟上、文化上的不平等，是一種最狹隘、最偏私的社會學說。作為信奉社會達爾文主義的人，青年畫家表示他厭惡「總是在半明不暗，不軟不硬的招數裏糾纏」，似乎頗為理直氣壯地宣稱：「我想要有個公開搏鬪的地方，正常競爭的空間」，其實，這種「光明磊落」只是對比他更邪惡的對手而言的。對於沒有能力進入繪畫藝術的競爭圈子只能以自己的平凡勞動為藝術提供物質基礎的更廣大的青年來說，這種「光明磊落」仍然是一種狹隘的偏私。藝術本來是為廣大的人民服務的，但却被青年畫家視為爭名逐利的工具，是他精神上自我優越感的支柱。對藝術的追求已經完全脫離了對社會進步和人民整體幸福的追求，這樣的追求不可能不是渺小的。他雖然試圖在精神上使自己從「生的最低線上」升起，但實際上他的那條地平線是很狹小的。這樣的藝術形象，雖然也有某種認識意義，但却不能具有文學作品應有的「將人提高」的藝術力量。

（曾鎮南：〈評〈在同一地平線上〉〉）

我絲毫不懷疑批評家嚴正的批評精神，至今都不懷疑。我懷着看阿Q唯恐自己的圈兒畫的不夠圓的心情，繼續讀着爲我辯解和越益加強的批評文章。然而，都只能在文字背後看到笑不起來的東西。

一位批評家大着膽子，小心翼翼地迂廻，認爲我「不失偏頗」的作品提出一個共同的問題：「顯示出一些青年婦女爲求得自己事業上的發展而承受的一些有形的與無形的壓力，所感受到的煩惱與痛苦，以及發自她們內心深處的帶有反抗性質的憤懣情緒。」而繼續在《光明日報》堅持不懈的爭論中，另一位批評家寫到：

……因此，「他」是那樣一個形象，「他」的複雜程度使「他」遠遠離開了二度的平面，而成了一個立體的圓球。從任何一個角度去看，都只能觀察到標誌着不同素質的半個「球面」。如果以為這「球面」就等於全部，那就難免與形象本身大相徑庭。

……英國現代作家E·福斯特在《小說面面觀》中，把作家筆下的人物分成「扁的」和「圓的」兩大類。所謂「扁的」人物，為類型性的人物，形象鮮明、單純，寥寥數語就能把它們概括殆盡；相對說來，圓的人物要複雜得多，它向讀者展示的，是人物性格的多面性及其豐富的生活涵義。……我們以為，有些文藝批評的失誤，就在於依然襲用了這種「扁的」眼光。

（何志雲：〈「圓的」形象和「扁的」評價〉）

這樣專心的旁徵博引，已屬批評家兼有過共同插隊經驗的「哥們兒」的最後的抵抗戰。同一天的另一篇文章繼續着以前的重複論調。奇怪的是，沒有誰覺得自己在重複。我仍然懷着一絲想看看風格和新奇文筆的念頭呢！

……〈在同一地平線上〉在思想上有着嚴重的失誤，在藝術上也有着明顯的敗筆。人們閱讀這篇作品，一方面可以看到作者對她所描繪的生活是非常熟悉的，對她筆下人物的心靈世界也是觀察得敏銳而清晰，感受得真切而細膩，表現得簡潔而傳神，一方面又可以看到作者令人嘆賞的藝術才能又不能不為她自己也沒有弄清的、但卻在那裏坦然地宣揚的「生存競爭」的理念所束縛、所削弱、所扭曲。

（何孔周：〈真實・典型・傾向〉）

總結性的定音鼓敲響了。就在《光明日報》八月討論之後的下一個月，第九期的《文藝報》上刊登長文。這個冠之以「報」的雜誌是當時中國大陸唯一的文藝批評刊物。文章的題目鏗鏘有力：〈是強者還是懦夫〉。幾年以後，我和批評家打過小小的禮貌的招呼，直覺，他是一位單純、善良的書生。

同時，根據〈在同一地平線上〉的小說由我自己修改並剛剛在兩家電影雜誌上爭相發表的電影劇本（一個叫〈再走一步，再走一步〉，另一個起名〈爲你乾杯！〉）還微帶油墨的香味，已同時收入批評之網。爲此，電影界專門爲我組織了一天的會議。由當時主管中國電影理論的陳荒煤負責，但他因病沒到會，是那會兒還在雲南謀生的，未來的《棋王》的作者阿城的爸爸鍾惦棐主持。如今他已作古。聽名字，到會的不僅有中國電影界第一流理論家，也有文學界的權威理論家。對於一個大學生來說，難免覺得受寵！赴刑場了，不唱幾句，怪對不起高級的「看客」。我壓制了這個愚蠢的眞誠，那份雜誌還在認眞而遲到地模仿《光明日報》組織一正、一反式的討論文章。有人正在會場我的對面埋頭唸一份鉛印的批評。我坐在鍾惦棐身邊。他突然很直率地打斷：「你是不是在唸已經發表的文章？還是請現場講幾句你的話吧。」那人看看他，繼續埋頭唸稿。然後鍾惦棐發言。熱情地懷念延安時期淸苦之極的生活中理想主義的靑春並因此不能贊同我的男主人公在經歷「文革」之後的理想和行爲之墮落。那個時候，我很感動，我在想他從一九五六年起成爲電影理論界最重大的右派之後長達二十餘年的極度悲慘的遭遇，……但還是有一種單純的感動，使我想和他交談。我堅信他不滅的信仰！我敬佩有信仰的人！這使我痛切感受到對一個你在精神、經歷上都充滿景仰的人的論點一一地、默默地說，「不！」「不！」「不！」是一種什麼樣的滋味。每一位發言人都提到「存在主義」這個名詞。這叫我感到興奮。使我想到當時正在《人民日報》上出現的豆腐干般大小的關於「存在主義」的名詞介紹，想到時髦原來並不只和少男少女的服飾這類形象相聯……眞正挑起我發言欲望的，是來自中國社會科學院文學研究所的一位研究員。因爲他的發言裏有黑格爾。在場的靑年批評家爭相阻攔我要求發言的表示，這些帶着爲「哥們兒」兩肋揷刀的義氣侃侃而談的朋友，都知我不僅口無遮攔，而且口比心快，說話時思維細胞似乎長在唇邊。定知我已暗暗判斷過，知我讀黑格爾如同讀馬列，都不是人家的對手，於是，我偏偏打出「存在主義」這個和他們也能對上的牌。

「我沒有讀過幾篇存在主義哲學家的文章，更不要說讀其中哪一位的哪一本了！我們根本就沒有系統、客觀、完整地翻譯並介紹過存在主義這種哲學流派。我們憑藉什麼談論存在主義呢？使我非常感興趣的是：爲什麼大家都憂心忡忡地大講中國的年輕一代目前深受存在主義哲學思想的影響？爲什麼有這麼多年輕人會無師自通了「存在主義」？也許，做爲藝術家、理論家和領導同志，倒可以從社會學的角度想一想，我們目前的社會心理狀態和二戰以後的歐洲有什麼相同的地方？」

還是在參加大學考試的激烈競爭中，（錄取率簡直是千分之一！）我意外的發現我有卽興的講演才能。實際上，要當一名導演系學生，我遠遠夠不上諸種專業標準。竟是所有人最沒有把握的「口試」救我！誰也不知道老師將會問你什麼，誰也知道這個古典主義學府的艱深。三分鐘，我得滿分！我對我臨時性的邏輯淸晰、簡練和生動的講演才能與生活中熱情的囉嗦或木然地一言不發的狀態是怎麼回事，至今弄不明白。我想，全憑靈感所至！以後，這種「才能」又在有關我創作的嚴重問題和生存前途的緊要關頭時爲我解過圍。

當然，我是必定敗北。卽便你眞有如簧之舌，隨時可以發動，戰績在開局之前已定。我並不知道，不久，一次全國性的電影創作會議上，不相識的朋友一塊起哄，認爲該把這一年的電影劇本創作獎頒發給我。（眞是好漢不該標無刻字的口碑！）我也不知道，〈在同一地平線上〉和復旦大學學生中流行「存在主義」思潮的簡報恰好疊在一起，送入中央政策研究室一個部門，於是，我已成爲在中國的存在主義代表人物。我只知道，我是宣揚生存競爭的社會達爾文主義者。只要報紙上批評這種思想，我就敏感而準確地知道，是在指我。儘管幾年以後，《人民日報》也大談競爭之必要……還眞有點兒沾邊！我喜歡讀自然科學方面的書，我對達爾文及其「主義」和反達爾文的各種新論點也很關心。我自己沒有正式上過中學，沒有能力考過進普通大學必考的數、理、化，於是，我的弟弟替我去唸了他本來並無興趣的生物系！

什麼時候有過純粹的文化論戰？大約在二、三十年代的小小圈子中有一點那種氣氛？那是人間天堂的和諧之音?! 文壇不過是政壇風雲的倒影。我被點名點得越來越多，我被點名的小說也越來越多——我實在寫得不夠多！因爲要唸大學，要讀「閒」書。好幾位作家後來都很羨慕地對我說過：你眞幸運！寫一篇，批判一篇，總是引人注目，我們辛辛苦苦寫了半輩子，也沒什麼人理睬。是，當時批評我的，有當時的教育部長何東昌，認爲我的創作傾向和學院數據對我的思想教育有關；對我的創作前途和思想方式表示深憂的，有當時的文化部長賀敬之，因爲我們的學院也受文化部管；要找我「談談心」的，有當時的中央宣傳部長胡喬木。在重要人物連連出現名字的時候，一篇顯然化名但顯然背後有大柱支撐的文章，在《文滙報》上以大版出現，這一次，和《文藝報》也前後腳出現的文章一樣，不僅點了我的名，並且是清算我幾乎所有的小說。(可惜我的「財產」不怎多！)《文滙報》當日文章，當日由駐京記者被主編所派，專門送到學院裏我所住的集體宿舍。那記者同時送來朋友做爲個人的情感。

我必須表態。我被暗示和明示，在這一次「反對資產階級自由化」的全國政治風潮中，我實在是個角色。學院不得不每週爲我開一次討論會。很學術的，參加的大都是副教授以上的老師，對我進行誰都知道不是那麼回事的「教育」。我保持沉默。

當我一次又一次向人們講我，講我們這些年輕一點的作家爲什麼會這樣寫的眞實動機，講我們所感覺的生活的A、B、C時，我能直接感受到對方被吸引，在暗暗認同的過程。但之後，還是一律的批評。

我們彼此相同，能碰撞，能理解，但永遠不會保持同樣的節奏來呼應這種理解。〈在同一地平線上〉的隱藏的主題動機在這種時候浮現。

當時我並沒有這種聯想。只是保持沉默。

連我一向最崇拜的老師，也不得不出面引導我：「……有沒有可能承認小小的『錯誤』，我們自己可以接受的所謂『錯誤』，比如，過於學院氣，與工農兵結合得不夠……」她沉默了一下，然後說：「你知道，學院的壓力很大。」

沒有我的這幾位老師，我無論如何不會有改變命運的這最後一次考入大學的機會，我感激學院，感激老師，從來不曾忘恩。我表示同意。

到了要表態的前一天，我終於又對老師說：「我仔細想了，我還是不檢討，連小小的可以接受的錯誤也不檢討。這不是藝術問題，是政治，只有個人人格作是與非的界定。我也反省過了，我這樣想，有沒有毫無價值的個人英雄主義？沒有。我知道個人人格在世上其實毫無價值，它只是對我的靈魂的平衡起作用。只是，我不承認錯誤，會連累學院也不能過關，我覺得對不起老師！」

老師靜靜站了一刻，拍拍我的肩膀——眞是這樣一個非常通用、非常無特點的戲劇性動作——沒有別的可以表示得更好了：「你對你自己負責，我們負責我們自己，別把老師看扁了。」

我終生銘記我的師長！也許我會在知識、作爲、名氣上都大大地超越過他們（原諒我的直率）但如果沒有這些精神上富有着，物質上日益陷入窘境，在現實的選擇上更加困惑的上一代知識分子爲我默默鋪橋，沒有我的大學！沒有地平線！沒有現在！也沒有未來的可能……

我必須表態。這時只需要一句「我錯了」的話，就可以寫一份報告使我和教我的老師和學院一起躲避一下風最緊的這一時刻。我們是在打無用的消耗戰。這一次討論會從下午開到傍晚。到最後，乾脆攤牌：「你就《文滙報》的批評你的文章表個態吧。」

我的卽興講演才能突然又附體了。

「說到這篇文章，先說這個作者。我不認識這位作者，據說也是位由學府培養的碩士研究生。我從文章中看見他，我用鼻子嗅出，他能根據文件精神，小道消息，以及氣候構成一篇恢宏論文的思路，並且條理清晰，寫得洋洋灑灑，我覺得他很聰明！這是第一點；第二，他在文章中指出我反對社會主義建設，我堅決不能同意；第三，他提出了一個作爲作者的我竟從來沒有想過的問題：張辛欣筆下寫的好人總是沒有好的下場。我從來沒想過！現在突然開始想了：是不是，好人沒有好下場？老師們！看看我們自己的生活！我走過學生宿舍和我們共同擠在一起的老師的臨時住處，從半開的門裏，可以看見裏面的陳設簡單的像病房；老師站在走廊上的小煤油爐邊上，一邊爲下午要去上學的孩子趕做午飯，一邊揮舞着鍋炒，和學生用嘴興奮地討論着一個戲劇小品該如何修改！我每一次走過去，每一次都想掉淚。老師們，我明明知道你們在陪着我，知道你們一會兒還要去擠公共汽車，去買菜，說心裏話，我以前認爲，大學不是知識分子的標誌，知識分子要有自己獨立的思想。我現在想，讓那部分解決了物質問題的世界的知識分子們來這裏試試，試試他們在時刻如此艱難的長期處境下還能不能分泌思想、智慧這類玩意兒?!我覺得我們了不起！老師們，告訴我，好人究竟有沒有好下場?」

全體沉默。散會。再也不開會了。

我覺得另一篇長文也很有意思，限於篇幅只能引用其中一小段：

……讀者期待着她以自己的才華，為人民創作出更動人的篇章。

可是，事與願違。一九八〇年以來，張辛欣同志又寫出了十多個中、短篇小說。其中的〈在同一地平線上〉、〈清晨，三十分鐘〉、〈我們這個年紀的夢〉、〈劇場效果〉、〈浮土〉、〈瘋狂的君子蘭〉等一些作品，表現出一種虛無主義、悲觀主義和極端個人主義的錯誤傾向。在這些作品中，對生活充滿希望的人物消失了，一個又一個憂鬱、消沉，在「生存競爭」中掙扎的人物來到我們面前；人與人關係中純潔的情感斷裂了，取而代之的是冷冰冰的物物交換、無休止的你爭我奪。而作者卻說：「我的本意卻正是為了提醒我的同輩朋友們，正視我們所處的外部世界和內部世界的真實現狀，不斷擺脫我們的茫然感，面對前進着的生活，重新尋找更加切合實際的，更具有建設性的理想。」（張辛欣：〈必要的回答〉）

人們讀罷張辛欣同志的作品並沒有「清醒」之感，反而產生了深深的疑惑：作者描繪的果真是當代生活的「真實現狀」嗎？她使人看到「更切合實際，更具有建設性的理想」了嗎？

（士林：〈失誤在哪裏〉）

其文中並且確切的指認，我的筆下，人們的內心世界皆是一個「精神貧困、趣味低劣、物欲橫流的灰色地帶」，在〈同一地平線上〉雖然勾勒出一個狀似「超越於衆人之上的所謂『強者』形象」，但如果把這個「強者」放入文學長廊中，「同衆多的人物形象進行比較，不難看到這種『強者』只不過是自由資本主義時期個人奮鬪者形象的翻版。」文中最後並且下了這樣的宣判，認爲我的創作已經「從善出發，達到了惡」！

我的小說集在印刷機上停版。

我的純感情小說從拼版後的清樣中撤下來。

我的研究生考試不能通過。

我的大學分配延遲。沒有任何劇院敢要我。一年以前，當我在舞臺上參加畢業劇目《培爾・金特》(Ibsen: *Peer Gynt*) 的演出，並擔任綠衣公主這樣重要的角色時，把我當作集作家、導演、演員三天才於一身的領導指名要我，現在，指名，除了我，誰都可以。我沒有地方領「飯票」。

我……

我，算得了什麼！

我們這一代人，還不老，卻已經看過、經歷過太多的「歷史」，我們深知已經白白埋藏掉了多少生命！連名字也沒有，呼號也沒有餘音。沉默、智慧、才華、青春，在空氣中消散，如同原本就不曾存在！

正如我已經承認的，小說發表之前，我高度猶豫，但只有到現在，我才似乎明白，這部小說接着又塑造了我：一個大於我的張牙舞爪的我的形象。憑添多少對手！獨自裏，悲涼、恐懼、天眞的驚訝！都有。只是不後悔。我知道我自己。讓我做我想做的事，哪怕是任何人看不出有任何實用價值的事，我肯玩命並且可以做得還不錯！讓我參加任何競爭，從小時候受過專門訓練的乒乓球賽到研究生考試中我唯一得心應手的項目：講故事，我必輸！我的心理氣質，不適合上角鬪場。然而，我已直覺到，已經沒有那一處溫暖、平和的小窩，敢於收留披着一張孟加拉虎皮的我。

我必須承認，卽便作品具有相對的獨立性，你總是不能擺脫作品的「反糾纏」。然而

〈在同一地平線上〉對於我，卻已經不是老頭兒對皮諾曹的爸爸式的感情了。我覺得他離我好遠！好遠！

這部作品是七年前寫的。七年太長了。當心一天天地爬着一個一個的坡，不管從前的坡有多麼陡，也顧不上回味。總是要顧着腳下的岩石、溝壑。寫作是心智的不停爬坡。

但你又總離不開身後、眼前的地平線！

人們總是用〈在同一地平線上〉要求我。要求我的風格如一！要求我的題材！要求我專寫我「擅長」的敏感與細膩的女性心理！要求我一直保持文壇——政壇上「地平線」時期的風雲角色！要求我的個人生活……這些要求裏有深沉的期待，也許期待過高，使我害怕；同時，這樣的要求也如同時一支歌走紅的歌星。於是，有些期望於我的人，對我開始大失所望，從捧場轉爲斥罵。

隨手讀過一本法國的紀實小說，名字叫《警察的故事》，作者就是位警察。翻開第一頁，寫着：「如今，刑滿出了獄的囚徒們，講他們犯罪、冒險的生涯的書，猶如成熟的葡萄，一串一串，警察總是無情兼窩囊的角色，現在，也該我們警察說說話了。」

關於〈在同一地平線上〉這部小說，我已將浮面的戲劇故事講得太多了，批評家們也說得太多了，現在，趁着落潮的時候，也該我講講我自己對這部小說的眞實看法了。

除了爲再版或出新的版本看校樣，我完全沒有心情再重讀這部小說。雖然我有時會重讀我的一些散文來復習，尋找自己。

寫〈在同一地平線上〉的動因，極其地小。

先是一個很具體的情感的需要，只需要被理解。那是一個傍晚，一個人，落落地，從已經分手的以前的丈夫那裏走出來，走着，突然之間，又習慣地「抽象」起具體而微的感慨。彼此之間的理解是如此困難！不必去推而廣之，縮小到人間最貼近的部分，共着一床、一枕，耳鬢廝磨的夫與妻之間，再推到之極，不是所謂性趣、追求、節奏、方式種種全然不同的人，而是一對有共同經驗，各有悟性，該能互相理解的夫妻。……

然後，需要一個故事的長度。這非常容易，只需要尋找一個「動作」。是學戲劇啓發我這樣看待小說，不論是「古典」模式的小說還是各種新小說，內核都可以看作是「動作」，無非是故事性地延續動作，或是將「動作」情緒化。關於「動作」的定義，各位戲劇學家的書有各自不盡相同的定義，我只取：「將動作延續」。比如，「離婚」，是一個具體的動作，也是一個抽象的動作。具體地，一環節、一環節地想像，從「離」字的提出（包括想出），到「離」的完成之前的那一瞬間，可以邏輯地發展無數的回合！

然後，需要一種表達這一次的我的結構方式。不容易。小說結構對於我，一向是一個艱苦而其樂無窮的智力遊戲。一個預先的結構，決定未來小說的全部張力。選定結構的過程，對於我，大概永遠是創作中最難的一段！相比之下，寫心理感覺，尤其是知識女性的感覺，實在是再容易不過的了！老老實實寫就是了。天下的結構似可無窮組合，但可以相對表述的結構似乎也有限，也已被窮盡。這種兩個人交替的結構，非我獨有。我求的是兩個人在不同的段落中可能有些對位的大或小的呼應，所謂理解的「基礎」，只是，永不能恰好同時相撞、表達。

在心底裏，我從寫完到現在，一直期待有誰對這部小說我自知的問題提出批評。誠懇期待，也像一賭。然而，無論是過去長篇大論批評我的人，或是鼓舞、愛護我的人，以及現在仍然愛或批我的人，都沒有誰說說這部小說的語言問題。

寫完這部小說時，我最大的感覺是沮喪。感覺小說是最笨的藝術形式！沒有繪畫、音樂那麼空靈。我們總得模擬場面、堆出人物，我們是用磚頭砌呀砌，砌出一種眞實的工人。太笨了！太實了！然而你又不能不這麼做。你不能一行行地玩唐人絕句。除非你是寫精品的小段子，除非你散淡的閒興好一似票友，那你只管在人後一字、一腔、一板、一眼地慢慢雕琢。可你要去會票友，你不還得先出門，再走路或乘車，過小飯館、大電器行、綢布莊、電影院，見無數飲食男女！你也是其中一個。

然而，砌着字，覺着不對，又不對的時候，開始悟到，除了小說結構可和繪畫、音樂、電影、戲劇等等藝術去比，小說語言也有自覺性。自覺和自律，很難把握，練句太過，便露了痕迹。這部小說就有這個問題。練痕太多，這也是我自己一想起來就累，就不會想再去看的緣故？語言節奏也不夠好，太緊。

遇到幾位這部小說的翻譯，個個都叫：你的小說語言特別難翻！我說，我改。又都個個叫：不要改，不要改，你就是你！

你就是你?!人竟比我還自信於我。

我越發猶豫和愕然。

不能說我是如赤子一個，昏天黑地寫就，全然不知自己在做什麼。恰恰，那個時候，我以爲我太知道我在做什麼和怎麼做。除了我已經坦白的自以爲的那些明智之處，我還預先料到讀者將會對照我的私人生活。

爲了這一點，我想過不發表。我倒不怕人從這作品中窺視我的私人生活。這個故事仍然是爲公衆的願望編就的，這個已叫人爭論不已的男主人公的形象，在很大程度上，是做了「讓步」，是反復分析了讀者當時最大的承受心理，是讓讀者先接受他（哪怕有相當保留），也不要一下子推開！這是一種迎合的手段。

如果這是我的故事，我想，我可眞是太幸福了！

我幾次撕毀過已經寫了許多的段落。

我不願意再回憶這部小說對我個人精神的折磨。但我註定要寫寫什麼。在這之前，我寫過一個短篇，那短篇是以「我」，一個回家渡假的女大學生的視角，寫一個青年畫家的變化。寫得我很不舒服，如同滿臉皺紋的婦人，偏要套入一件童衫。可是，心知道，該寫〈在同一地平線上〉了。然而，心同時又知道，沒有一部作品是能夠不顧一切地只管渲洩的。小說永遠是假定的人生形式。讀者面對這種假定的人生，總以當時的狀態來照應。善和惡，是與非，在我的觀念裏，複雜，也非常單純——我只管我感悟到同時生活在這一時空中的靈魂的尺度，只管帶着最投入的觀賞，看人在大千世界的各種表演並且我也參與劇情。但在那時候，我並沒有敢把我已確確感到、看到、悟出的更「複雜」的善惡並存的形象刻成一個活生生的人向世人展示。心知道，手裏正在做的，仍然是一件皺巴巴的不夠尺寸的衣衫！我們什麼時候眞的爲自己寫作?!只是爲了無處，也不會用其他的辦法排洩寂寞，擁抱幻影，就以這體力、腦力的操作，去塡補可以說是巨大到「無」，也可以說，小不足「道」的純粹空白。

我爲讀者造這男人，我爲假定的人生結構的相對完整，考慮並編出這個男人對這個女人可能最「終」有所理解的契機。我把這個契機放在靠小說後部的單獨的旅途中。

我自己長長地懷疑我自己設置並完成的這種過渡方法的可信性。在一段孤獨的旅行中，能否回顧?能否有頓悟?邏輯上似乎可以，我寫的那人似乎做到了。但是那時候正在孤獨地寫着的我自己，分明做不到！我處在焦燥、分裂的狀態中，每日、每日，自己拼命拉住、控制着自己……我想過我應該重新讀讀屠格涅夫的《獵人筆記》，讀讀康拉德……。

我後來給自己判定，我是偸渡了這個心理環節。

再後來，我一個人，走過了許多地方。在寂寞的長途旅行中，我常常漠視車窗外，在因爲窗而變幻的風景中，淡淡地嘆畫框移動的神奇效果，而這種感受，在感受確確打入之前，就已經先在那同一地平線上出現！這是一種活生生的遺憾，有許多感覺，彷彿是下筆前先有，然後，又在人生中回味自己！於是，便少了一份新鮮，多了一層，何必。就在漠視車窗外流動的景時，也漠然地閃過一些以前的自己。……沒有明確的線索和方位能叫你永遠注視和追隨，但是，突然，突然，就有一點、一點的反省，將以前以爲已直悟到的東西，又一回從另一個視角反觀。

於是，我有一點點放心。我不完全是偷渡的，那段旅行，從邏輯上看，寫的還是對的。只是，恐怕也需要有相當的長度，相當時空的淡然的平視和星星點點地審視自己。而這個動作的長度，這部小說的語言節奏以及結構本身，已經不能容納修改的可能。

因爲他是一個獨立的他了。

他還在糾纏我。我下手時已知尺寸、質料不對，太小，太單薄。我必須再寫一個故事。我知道，她會使人大驚失色。

但到那時候，就顧不了那許多了。

一九八八·十月·十五、十六日

張辛欣傳略

張辛欣，一九五三年生於南京，在北京入幼兒園、上小學。小學畢業時遇「文化大革命」。一九六九年得到一張初中畢業文憑去黑龍江當農場工人。以後，當過戰士、護士，做過青年工作。一九七九年考入北京中央戲劇學院導演系，八四年獲文學士學位。現任北京人民藝術劇院導演。

一九八五年十月，應香港中華文化促進中心邀請，隨中國作家代表團訪港；一九八六年六月至八月，到西德參加華文文學研討會；並先後應挪威外交部、維也納藝術中心、法國社會科學院政治研究所、英國利茲大學中文系邀請到挪威、奧地利、法國、英國訪問、旅行。一九八七年八月以訪問作家身分到香港大學亞洲研究中心訪問、講演；十月，以客座外國作家身分到美國三藩市為 *SAN FRANCISCO EXAMINER* 撰寫訪美印象專欄，原文及譯文同時刊出；十二月，作為「國際訪問者」，受美國政府邀請，以職業戲劇導演身份，被安排在美國各地看戲。

一九八八年五月應法國文化部邀請為「中國作家代表團」成員訪問巴黎、諾曼第和法國南部幾個城市；十一月以駐校作家身分訪問美國康乃爾（Cornell University）大學一年。

張辛欣著作年表

一、集子：

一九八五年　《張辛欣小說集》（黑龍江：北方文藝出版社）收作品十二篇：〈在靜靜的病房裏〉、〈一個平靜的夜晚〉、〈我在哪兒錯過了你？〉、〈我們這個年紀的夢〉、〈在同一地平線上〉、〈浮土〉、〈劇場效果〉、〈當了父親的兒子〉、〈清晨，三十分鐘〉、〈瘋狂的君子蘭〉、〈最後的停泊地〉、〈回老家〉。

《我們這個年紀的夢》（中篇小說。成都：四川文藝出版社）收作品三篇：〈我在哪兒錯過了你？〉、〈在同一地平線上〉、〈我們這個年紀的夢〉。

一九八六年　《封・片・連》（北京：作家出版社）、重刊本：《劫後劫》（香港：博益出版集團有限公司)。

一九八六年　《北京人——一百個普通人的自述》(口述實錄文學，與桑曄合著)(上海：上海文藝出版社)包括〈萬圓戶主〉、〈漂亮的三丫頭〉、〈七歲的單身男子漢〉等一百篇自述。重刊本：《北京人》(上冊)(臺北：林白出版社，一九八七年)。包括原版沒收入的五篇以及其他五十篇。

一九八七年　《在路上》(紀實小說)(香港：南粵出版社)。

二、著作(期刊)：

一九七八年　〈在靜靜的病房裏〉《北京文學》，第十一期。

一九八〇年　〈我在哪兒錯過了你？〉《收穫》，第五期，頁九十一至一〇五。

一九八一年　〈留在我記憶中的〉《北京文學》，第一期，頁六十二至六十六。

一九八一年　〈心與心之間〉《文滙月刊》，第六期，頁四十二至四十四。

一九八一年　〈帶不和諧音的美妙旋律〉(報告文學：記舞蹈家陳愛蓮的舞蹈晚會)(與肖復興合著)《文滙月刊》，第一期，頁三十三至三十六。

一九八一年　〈在同一地平線上〉《收穫》，第六期，頁一七二至二三三。
一九八二年　〈再走一步，再走一步〉（電影創作劇本）《醜小鴨》，第三期。
一九八二年　〈為你乾杯〉（電影創作劇本）《電影創作》，第四期（？）。
一九八二年　〈我們這個年紀的夢〉《收穫》，第四期，頁九十五至一二〇。
一九八三年　〈清晨，三十分鐘〉《上海文學》，第三期，頁五十二至五十七。
一九八三年　〈劇場效果〉《北京文學》，第四期，頁十六至二十二、九。
一九八三年　〈當了父親的兒子〉《醜小鴨》，第五期。
一九八三年　〈必要的回答——對王春元同志批評文章的兩點答覆〉《文藝報》，第六期，頁七十六至七十八。
一九八三年　〈浮土〉《上海文學》，第六期，頁四十九至五十五。
一九八三年　〈瘋狂的君子蘭〉《文滙月刊》，第九期，頁二至十。
一九八四年　〈回老家〉《人民文學》第十二期，頁九十九至一一二。
一九八五年　〈最後停泊地〉《中國作家》，第一期。
一九八五年　〈導演與劇本二度創作起點的制定〉《戲劇學習》，第一期。

一九八五年〈要不要顧及讀者〉《文學自由談》，創刊號，頁十九至二十二。

一九八五年〈幸運兒——對二十六個問題的回答〉(創作談)《文滙月刊》，第二期，頁十二至十七。

一九八五年〈封•片•連〉《收穫》，第二期，頁四至九十二。

一九八五年〈往事知多少〉(自傳)《作家》，第三期，頁十八至二十二。

一九八五年〈創作斷想：關於〈我們這個年紀的夢〉《文藝評論》，第三期，頁八十六至八十九。

一九八六年〈辛欣隨筆〉(專欄)《文滙月刊》。

〈咱們吃藥吧〉第一期，頁四十九至五十一。

〈看不見的支撐〉第二期，頁五十七至六十。

〈有滋有味〉第三期，頁五十四至五十七。

〈看戲〉第五期，頁五十四至五十六。

〈織女何必會牛郎〉第六期，頁五十八至五十九。

〈沒脾氣〉第七期，頁六十一至六十二。

〈古版連環畫〉第八期，頁五十二至五十四。
〈我們會不會給自己跪下〉第十一期，頁五十五至五十七。
〈從舞臺到舞臺〉第十二期，頁四十九至五十二。

一九八六年 〈在路上〉《收穫》，第一期，頁一六二至二四〇。

一九八六年 〈尋找合適去死的劇中人〉(新新聞體小說)《北京文學》，第一期，頁二至十三。

一九八六年 〈香港十日遊〉(紀實文學)《十月》，第二期，頁一七二至二一九。

一九八六年 〈撕碎，撕碎，撕碎了是拼接〉(散文，寫作家張潔)《中國作家》，第二期，頁一九五至二〇一。

一九八六年 〈災變〉(紀實文學，與桑曄合著)《十月》，第三期，頁四十三至八十八。

一九八六年 〈在交叉路口〉(創作談)《文學研究》，第四期，頁六十五至六十七。

一九八六年 〈與老人相對〉(散文)《文滙報》，十月二十九日。

一九八六年 〈知識青年作家郡落之形成和演變〉《中國當代文學國際討論會發言稿》(上海：中國作家協會)，四頁。

一九八七年　《我們與你們》（大型文學晚會臺詞本選登）《文滙報》，一月一日。
一九八七年　《玩一回做賊的遊戲》《鐘山》，第一期，頁四十四至七十三。
一九八七年　《年方二八》（散文）《鐘山》，第一期，頁七十九至八十六。
一九八七年　《也算故事，也是回答》（代創作談）《鐘山》，第一期，頁七十五至七十八。
一九八七年　《我在街頭看你走過》（散文）《作家》，第一期，頁四十至四十三。
一九八七年　《站在門外的人》（散文）《婚姻與家庭》，第二期，頁十至十一。
一九八七年　《黃手套，白手套》（創作談）《北方文學》第二期，頁五十至五十一。
一九八七年　《醒到天明不睜眼》（散文）《收穫》，第三期，頁一二九至一三二。
一九八七年　《女為悦己者容》（散文）《人民文學》，第六期，頁一〇三至一〇六。
一九八七年　《這次你演哪一半》《收穫》，第四期，頁四十二至八十九。
一九八七年　《舞臺》（短篇小説）《收穫》，第五期，頁五十至六十五。
一九八七年　《愛情的故事》（散文）《人民文學》，第六期，頁七十七至八十四。
一九八八年　《讓美國人讀，給朋友寫，對自己講的故事》（新聞體小説）《文滙月刊》，第八期，頁十七至二十七。

關於張辛欣評介書目

一、〈在同一地平線上〉

❶ 齊元昌・〈年輕的奮鬥者形象——讀〈在同一地平線上〉〉・《中國青年報》，一九八二年一月十日。

❷ 曉明・〈另一種解說——評〈在同一地平線上〉〉・《津門文學論叢》，一九八二年第六期。

❸ 朱晶・〈迷惘的「穿透性的目光」〉・《光明日報》，一九八二年七月十五日。

❹ 劉俊民・〈〈在同一地平線上〉的得與失〉・《光明日報》，一九八二年七月十五日。

❺ 薛炎文・〈他是一個複雜的混合體〉・《光明日報》，一九八二年七月二十二日。

❻ 楊旭村・〈個人奮鬥者的悲歌〉・《光明日報》，一九八二年七月二十二日。

❼ 曾鎮南・〈評〈在同一地平線上〉〉・《光明日報》，一九八二年七月二十九日。

❽ 何孔周・〈眞實、典型、傾向——也評〈在同一地平線上〉〉・《光明日報》，一九八二年八月十二日。

❾ 何志雲・〈「圓的」形象和「扁的」評價〉・《光明日報》，一九八二年八月十二日。

❿ 李子雲・〈她提出了什麼問題——評〈在同一地平線上〉及其他〉・《讀書》，一九八二年第八期，頁四十至五十。收入其《當代女作家散論》（香港：三聯書店，一九八四），頁八十二至九十一。

⓫ 唐摯・〈是強者還是懦夫——評〈在同一地平線上〉的思想傾向〉・《文藝報》，一九八二年第九期，頁五十一至五十六。

⓬ 陳駿濤・〈對人生意義的探索——讀幾篇反映青年生活的小說隨想〉・《中國青年報》，一九八二年十月十四日。

⓭ 姚錦權・〈一個現實，兩幅畫面：評張辛欣的兩部中篇小說〉・《新文學論叢》，一九八三年第四期，頁一二三至一二九。

⓮ 士林・〈失誤在哪裏——評張辛欣同志一些小說的創作傾向〉・《文滙報》，一九八三年十二月六日。

⓯ 朱晶・〈請從心造的灰色霧中走出來——讀張辛欣小說隨想〉・《文藝報》，一九八四年第二期，頁十九至二十六。

⓰ 高直・〈到哪裏「去尋找一片綠葉」——評〈在同一地平線上〉男主人公的返樸歸眞思想〉・《當

代文壇》，一九八四年第三期。

⑰ 曾鎮南‧〈從地平線向着遼闊的蒼穹——評〈在同一地平線上〉〉‧《當代文學探索》，一九八五年第二期，頁三十八至四十一、三十七。

二、其 他

⑱ 馬相武‧〈美夢的幻滅與理想的失落——清華文學評論社討論張辛欣的小說〈我們這個年紀的夢〉〉‧《中國青年報》，一九八三年十一月十三日。

⑲ 陳艱‧〈充滿失落感的夢——談談〈我們這個年紀的夢〉的傾向〉‧《解放日報》，一九八三年十一月二十二日。

⑳ 蔚國‧〈失誤在哪裏？評張辛欣的新作〈瘋狂的君子蘭〉〉‧《作品與爭鳴》，一九八四年第二期，頁七十至七十一、八十。

㉑ 仲呈祥‧〈冷視與偏見——評小說〈清晨，三十分鐘〉的審美傾向〉‧《當代文壇》，一九八四年第二期。重刊於陳子伶、石峰編《一九八三年——一九八四年短篇小說爭鳴集》（濟南：山東文藝出版社，一九八五年），頁六四〇至六四六。

㉒ 敏澤‧〈談談張辛欣的創作〉‧《當代文藝思潮》，一九八四年第三期，頁五十一至五十四。

㉓ 許子東·〈張承志和張辛欣的夢〉·《當代文藝探索》，一九八五年第二期，頁四十二至四十五。
㉔ 丹晨·〈論張辛欣的心理小說系列〉·《文學評論》，一九八五年第三期，頁五十一至六〇。
㉕ 曾鎮南·〈起航！從最後的停泊地——讀張辛欣的近作隨想〉·《文藝報》，一九八五年第四期，頁二十至二十三。
㉖ 陳思和、汪樂春·〈小小方寸見世界：讀張辛欣的新作〈封·片·連〉〉·《解放日報》，一九八五年五月二十三日。
㉗ 張辛欣、桑曄·〈關於〈北京人〉〉·《上海文學》，一九八五年第六期，頁六十三至六十七。
㉘ 吳亮·〈中國的民衆在想什麼？——讀張辛欣、桑曄的〈北京人〉〉·《作家》，一九八五年第七期，頁六十五至六十八。
㉙ 路敏·〈新潮中的衆生相——讀張辛欣的〈封·片·連〉〉·《爭鳴》，一九八五年十一月，頁五十五至五十六。
㉚ 曾鎮南·〈一位現代意識強烈的女作家——張辛欣和她的小說創作〉·《青年評論家》（石家莊）一九八五年十一月二十五日。
㉛ 童寧·〈張辛欣追張辛欣〉·《工人日報》，一九八五年十二月十六日。
㉜ 王華·〈眞摯地寫自己的感覺——談張辛欣創作〉·《文藝評論》（哈爾濱），一九八六年第一期。

㉝劉德一·〈別開生面的領地：讀張辛欣等的〈北京人〉有感〉·《今日文壇》，一九八六年第一期，頁七十一至七十二。

㉞劉武·〈理想的迷惘——論〈無主題變奏〉（徐星）、〈你別無選擇〉（劉索拉）、〈我們這個年紀的夢〉〉·《當代文藝思潮》，一九八六年第一期，頁二十五至三十二。

㉟丹晨·〈思辨·詩情和畫面——張辛欣小說再議〉·《女作家》，一九八六年第二期，頁一六四、一四六。

㊱王緋·〈張辛欣小說的內心視境與外在視界——兼論當代女性文學的兩個世界〉·《文學評論》，一九八六年第三期，頁四十四至五十二。

㊲蕭乾·〈一葉知春——讀《張辛欣小說集》有感〉·《讀書》，一九八六年第三期，頁五十九至六十四。

㊳山口守著、趙博源譯·〈中國現代文學中的現代主義——論女作家張辛欣及其作品〉·《女作家》，一九八六年第四期，頁一五八至一六八。

㊴陳雷·〈張辛欣創作心理軌迹探微〉·《人民文學》，一九八七年第一、二期，頁二三三至二三八。

㊵陳晉·〈爭鳴綜述〉（〈在同一地平線上〉）·《新十年爭議作品選·一九七六至一九八六年小說

卷》（書實主編）．桂林：漓江出版社，一九八七．頁六四五至六五一。

㊶ 王曉明．〈疲憊的心靈——張辛欣、劉索拉和殘雪的小說談起〉．《上海文學》，一九八八年第五期，頁六十七至七十四。

㊷ 劉風陽．〈你的地平線——作家張辛欣印象〉．《二汽新聞》，一九八八年七月三十一日。

集，揉合政論與文學，寫盡中共與香港近年來的政治百態，冷嘲熱諷，筆調詼諧，值得您一讀。

25K **傳播研究補白** 彭家發著 定價 精二四〇元 平一八〇元

本書收集了二十三個徘徊在傳播周邊研究上的篇目，從我國口頭傳播之嬗進、說服與宣傳、新聞寫作析史、未來傳播教育課程發展、電影分級制度、計劃編輯、美國社區報與亞洲四大「草根」報、至「美新」與「新聞週刊」的一周運作，以及印刷媒介的批評實例等，綜談一系列廣泛而又經常見之於實務上的若干枝節問題，雖名「補白」，却頗實用。

25K **經營力的時代** 白龍芽譯 定價 精二二〇元 平一六〇元

傑出的企業經營者，都有其成就的歷程與特色，成功的方式雖不盡相同，但可概括歸納幾項基本要素：即構想力、目的選擇力、決定力、革新力、事業化力、組織力等六種精神能力，融合建立在堅定的經營理念上，如此必能創造出經營的特色。讀者若將本書要領妥加運用，必對本身事業有莫大的助益。

社會

25K **社會學的滋味**
蕭新煌著
定價 精三八〇元 平三二〇元

您對社會學感到好奇而又陌生嗎？本書是作者在過去幾年內追求社會學想像所努力捕捉而得的收穫，它所呈現的內容是一個本土社會學者對社會學理論運用在本土社會現實的詮釋，深入淺出的文字當可引導您進入社會學的人文世界。

25K **政治與文化**
吳俊才著
定價 精三一〇元 平二五〇元

本書係作者近十年來的精心之作，內容涵蓋文化思想、政治哲學、政黨運作及宣傳實務與外交政策等。其中有關印度部份，有第一手的珍貴史料，而其觀察之所得，對現代印度相關問題之研究，有很高的參考價值。

25K **釣魚政治學**
鄭赤琰著
定價：一三五元

釣魚也有政治可言？不信且看鄭板橋的一首詩：「兩岸青山聚米多，長江窄窄一條梭。千秋征戰誰將去，都入漁家破網羅。」任教於香港中文大學的鄭赤琰教授，自言喜歡釣魚，也喜歡政治，本集即是他爲明報自由論壇「縱目天下」所寫的政論總國歷代的各種藝術。通過這本書，讀者不但可對中國的書法、繪畫、版刻、雕塑、器物、服飾、和建築等都有所了解，更能看出中國文化發展的過程。

25K

與當代藝術家的對話

葉維廉著

——中國現代畫的生成

定價 精五六〇元 平五〇〇元

葉維廉專訪當代九位頂尖藝術家趙無極、陳其寬、蕭勤、王無邪、莊喆、劉國松、吳昊、何懷碩、陳建中談「畫」。全書四百餘頁，一百多幅代表畫作，二十五開彩色銅版紙精印。讀者可藉由一系列對話中找到欣賞和印證中國現代畫的途徑。

25K

葉維廉著

三十年詩

定價 精四六〇元 平四〇〇元

（中興文藝獎章新詩獎得獎著作）

一九七九年被列爲十大傑出詩人之一的葉維廉，三十年創作不斷。本書包括他早期、中期和近期的詩作一百多首，風格各異，展現詩人不斷的追尋與突破。

25K

趙滋蕃著

文學原理

定價 精四九〇元 平四三〇元

這是一本具世界性眼光的＜文學原理＞，也是文學大師趙滋蕃教授遺留給我們的文學瑰寶。他在自序裡說：「對文學作周延的思考、詢問的沈思，越來越發現在此一博大、高明、悠久的研究傳統與創造性活藝術領域之內，存在的問題著實不少，待決的問題也著實很多。」本書對文學作大系統的解釋，寬角度的掃描，體大思細，立論精當。